生まれたての光

——京都・法然院へ

田巻幸生 エッセイ集

Tamaki Sachio

コールサック社

生まれたての光

――京都・法然院へ

目次

Ⅰ章　生まれたての光――京都・法然院へ

Ⅱ章　事もなげに

Ⅲ章　眺めのいい部屋

生まれたての光

——京都・法然院へ

田巻幸生エッセイ集

Ⅰ章　生まれたての光

――京都・法然院へ

黒《くろ》谷《だに》

朝夕に打ち水をせし故郷の習い忘れて昼の蚊を打つ

黒谷の鐘の音《ね》は山鳩のくぐもった声と交錯しながら深い森を渡り耳に届く。鐘の音の聞こえない生活の方が長くなったのに、土の湿った匂い、会津墓地へ登る石段のくぼみ、陽ざしを遮る影の長さが私の周りに、まといつく。黒谷の正式名称は金戒光明寺、この寺の歴史は古い。安元元年（一一七五年）法然上人が比叡山西塔の黒谷別所を出て紫雲光明の発するこの地で道場を開いたのが始まりである。我が家から東へ歩いて五分のこの寺は、子供の頃から遊び場であったし、青春時代になるとデートの場所になった。寺は、どの時代も恐い場所ではなく、私にとって安らぐ所であったのは何故だろうか。

黒谷は、幕末、会津藩主、松平容保《かたもり》が京都守護職に任じられた宿営地でもあった。

「この日（文久二年十二月二十四日）路の両側に羅列して、その行列を見る市民が蹴上《けあげ》から黒谷まで、すきまもなく続き馬上の公から、儀従は一里あまりにわたり」大名行列のようだったと、京都守護職始末記に記されている。京の西、壬生には新撰組の屯所があり、御所を真ん中に東には会津藩が駐屯していたわけである。会津墓地には鳥羽、伏見の戦いで戦死した藩士達が眠っていた。

住んでいた町名は「福の川」といい、寺の周辺の民家（我が家も含めて）の殆どが黒谷所有の土地である。黒瓦の屋根をのせた築六十年は越す民家が連なっていた。福の川町周辺には小沢蘆庵《ろあん》宅跡、蒲生君平《がもうくんぺい》、この地で「春の夜はまだ黒谷のかねの音をおきいでて花のもとにきく哉」と歌った香川景樹邸址。太田垣蓮月《おおたがきれんげつ》尼も同じ町内に住んでいた。歴史と現在が常に京の都の路地のそこかしこに混在している。

白川女とよばれる絣《かすり》の上下と手拭いをかぶり、仏花を荷車にひいてやってくるおばさん。いつ代金を母から受け取ったのか、いつも格子戸に仏花が結んであった。ピンクのリボンが格子戸に結ばれているときは、お向かいの方が「おばんざいを取りに来るように」と言う印だった。関東出身の両親も私も京の味のお福分けを、リボンを見ては戴きに伺った。ご近所みんなに守られ支えられた時間と空間が福の川には存在していた。

借家の家々にも前庭と後庭があり、黒谷の墓地から流れる福の川の支流である小さな川が流れていた。福の川町の由来はあの世に旅立つ死者に持たせた一文銭が川からたくさん出てきたからだと聞いている。一文銭は見なかったが、赤ヘラを釣った福の川はやがて暗渠になった。我が家の庭にも小さな一筋の川があった。生まれつき病弱だった私を両親が案じて家の中に水が流れるのは良くないと暗渠にした。築山の満天星の向こうには雪見灯籠があった。

缶けり、ゲタかくし、はじめの一歩。一円もお金がかからない遊びで路地いっぱいに子供達の声があふれていた。私のゲタ隠しの一番のお気に入りの場所が、雪見灯籠の中である。春の桜、秋の紅葉のことのほか美しい寺だったことは京都を離れてから知った。それほど寝転びながらでも、美しい四季があった。

毎朝、毎夕六時に黒谷の鐘の音が聞こえた。鐘は亡者の上にも生者の上にも等しく渡り、安らぎを与えてくれる。鐘の音がやんだ後は、沈黙のぬくもりを耳奥に残しながら、朝餉、夕餉の支度という古から変わらぬ音になった。

今年、京の都も春は遠いようである。

法然院——その一

洗心橋渡れば右に法然院喃語のように桜が吹雪く

京都、東山の麓、銀閣寺から熊野若王子神社までの道は、私が大好きな道である。全長一・五キロ。琵琶湖疏水分線に沿った細い道は、いつからか「哲学の道」と呼ばれた。白川通りの向こう側に京都大学があり、哲学者、西田幾多郎が思索しながら歩いた径からこう名付けられた。

春、疏水を挟んで桜並木が両岸から、弧を描いて咲き誇る。桜は大正十一年、銀閣寺通りに居を構えていた日本画家、橋本関雪夫人が寄付した苗木で、関雪桜と親しまれている。京都に住んでいた頃は、地元の人々だけの散歩道だった。

昭和四十年代半ばに旅行雑誌が流行し始めた。「誰も知らない京都」「誰にも教えたくない京都」「隠れた名所」などとキャッチコピーが踊り、京都は丸裸にされた。喫茶店や土産物屋が、雨後の筍のように両岸に軒を連ねた。葉づれの音や、小鳥の声に包まれた思索の道は、観光客の喧騒の道になった。人生のエンドマークが見えると、望郷の念が抑えがたくなる。いやいや、大きな手術六回、やたらと病に好かれ、病総合商社社長からリタイア出来ない私は、折に触れ上洛するようになった。全ての道は京都に続き、京都を見ないと死ねないのである。

かねてからの念願だった京都一人暮らしを、遂にこの春、実現した。哲学の道に近く、窓から大文字山が見えるマンスリーマンションを契約した。生まれて初めての一人暮らしである。疎水にはいくつかの小さな橋がかかり、六月になると、橋の下から蛍が沸き上がるように乱舞したのを見たのは、いつ頃だったのだろうか。リタイアしたら、身体も精神も緩んだままで、起床は早くて八時。故郷に戻ると精神が糊付けされた真っ白いワイシャツになる。東山から上る太陽と山の霊気が混ざりあうと空気が甘くなる。さあ〜あの方に逢いに法然院に行こう。マンションから東に歩いて五分、哲学の道にでる。今年、京都の桜の開花は早かった。四月八日、関雪桜は散り急いでいた。川岸には韮花が咲き続き、法然院へは洗心橋を渡って右に折れる。この橋を渡ると、山の匂いが濃密になる。庵を囲む善気山の空気が降りてくるからに違いない。緩やかで広い石畳には、落花したばかりの深紅の椿が点在している。法然院の正式名称は善気山法然院萬無教寺である。小鳥の声が天から降るように耳を満たす。茅葺きの山門は、生まれたての光に包まれている。誰もいない。浮き立つ思いで茅門を潜る。もうすぐ、あの方に逢える。

両耳は鳥の歌のみ入り来て法然院への春のきざはし

川沿いに白き韮花さき続く桜を見上げる人を見上げて

法然院――その二

茅葺きの門をくぐれば青紅葉阿弥陀如来は暗き御堂に

如意ヶ嶽、大文字山に連なる東山三十六峰の一つ善気山の麓に法然院は建つ。哲学の道の喧騒も善き気が吸収するのだろうか、いつ訪ねても森閑としている。拝観を目的とする寺ではなく、あくまでも檀家のための寺で伽藍内は年に二回しか公開されない。寺名の通り、法然上人源空の開創に始まる。

石段に続く茅葺きの屋根をいだく門は、侘びと寂びが渾然と解け合っている。十二月に訪ねた時は閑門間近だった。夕陽と紅葉が溶けあって茅門は真赤に燃えていた。三月初め、茅葺き屋根は前夜の雪を乗せ、墨絵の世界の中で吐く息が空に舞った。春、椿の寺と言われている法然院には桜はなく青々とした紅葉の海がうねるばかりである。

門を潜れば石の苑路を挟んで両側に白砂の築山、白砂壇がまぶしい。この築山は水を意味し、壇を抜けると心身の浄めを意味する。この季節、白砂壇の上には桜と流水の砂紋が描かれていた。放生池にかかる石橋を渡ると、善気山から続く大木と苔の碧に包まれる。石橋は彼岸と此岸の結界に思われ、池は善気山からの湧水が水源となっている。上ばかり見上げていた時代から、光と影の苔の美しさに目が行くようになったのは最近のことである。大木の根幹が苔の上を大蛇のようにうねっていた。苑路を右に折れる。

阿弥陀堂の中扉は何時に開けられるのか、格子戸越しに目を凝らす。御堂は漆黒の深い闇が横たわっている。目が慣れると、闇の彼方にヒオウギの種子のような心眼、須弥壇への柵の向こうは浄土。蠟燭の微かな光に揺らいで阿弥陀如来の御顔が見える。この方に会いたくて私は毎朝通い続けた。頭を垂れ、南無阿弥陀仏と合掌せざるを得ない慈悲に溢れた如来様なのである。抗がん剤治療中の三人の知人へのお願いと、私自身が六回もの手術を越えて故郷でお参りできるお礼こもごも通い続けた。振り向くと石段の上に大日如来が立っておられる。二人の如来様に祈りが終えると、太陽は如意ヶ嶽から四つ目の山の上をゆっくりと天空へ移動をしていた。鳥の声が一段と高くなり葉づれの音を縫うように山へと消えた。

四月二十日、京都一人暮らしもあと一週間を切った朝、いつものように七時に寺に着

く。彼岸から此岸への石橋を渡ると不思議な笑い声に包まれた。それは茅門を潜る前の墓地からも聞こえていた。生を謳歌するような笑い声にも聞こえたが、得体の知れないものへの恐怖で、その朝私は足早に山門を辞した。

須弥勒壇の柵は即ち結界で太めの僧侶灯明ともす

いつの間についいて来たのか夕桜帯をほどけばふたひらの雪

法然院——その三

墓たちが突然に言う「私たちあなたのように生きていました」と

山門の手前、善気山の麓に沿って法然院の墓地はある。鬱蒼とした山の自然林に囲まれた墓地は、太陽の届く時間が限られている。土の階段を大木の根幹が交錯する。踏まないように歩くのは難しい。河上肇、九鬼周造、福田平八郎、稲垣足穂《たるほ》、福井謙一、川田順、谷崎潤一郎と著名な方々が永い眠りについておられる。

常緑樹が多い大木の中で一本の枝垂桜が目を引く。四月二十日枝を大きく拡げた桜は、真っ白で白鳥が舞い降りたようでもあり、細雪が降っているようでもあった。紅枝垂で有名な平安神宮を舞台とした「細雪」を書いたのは谷崎潤一郎である。法然院の山裾の一段と高いところにある紅枝垂桜の両脇には「空」「寂」と刻まれた谷崎潤一郎夫妻の墓がある。桜の下に墓を清掃されている人が目に入った。一安心して得体の知れない笑い声の中を、墓地に足を踏みいれることにした。

「おはようございます。この声は何でしょうか。もしや猿では？」

「いや猿はこの時期は南禅寺の方に移動してますよ。蛙です。姿は見せないのですが田子蛙と言います」

清掃をされていた方は箒の手を休めて答えてくださった。清涼とした気に満ちた山には沢山の動物が棲息しているようだ。

翌朝は怖いものが無くなったので、墓地をゆっくりめぐることにした。小さな頃から墓地は怖い場所でなく、生きている人間が一番怖いことを知っていた。南の方の墓地でも清掃をしている人と出会った。墓地の清掃を長くされ私と同じ年。「沢田研二や大信田礼子と同じ中学やねん」と芸能人話題に話が盛り上がった。

「この上の大文字山に散骨して貰うのが私の夢やけれど、善気山の谷崎さんの裏の林でもええなぁ」と私が言うと
「あんたなあ、犬や猫とちがうんやで。人間ならちゃんとお墓に入らなあかん」

「子供いないし大体、明治から庶民もお墓を建てるようになったんやんか」

「あかん。うちはずっと変わりもんで独身やで。あっちに共同墓地あるし、お寺さんに頼

んで入れて貰いよし。ちゃんとお経よんでくれはるえ」彼女は語気をあらげた。

翌日は彼女の清掃を手伝いながら、名前を紹介しあう仲になった。家は時計台があるパン屋さんのすぐ近くで、ドアにリースがかけてあるからすぐにわかると、訪ねても良いような口振りである。我が夫は変人で私は奇人らしいから、変わりもんの小西さんと何やら気があった。

菓子折を用意して時計台があるパン屋に向かう。店内には軽い食事ができるスペースがあり近所の人で賑わっていた。サンドイッチと珈琲セットを注文しながら小西さんの家を尋ねた。即答でわかると思ったが、店の人もお客さんも誰も知らなかった。店を出てから周辺を探し回った。燕が京都弁で鳴いている。四月とは思えない暑い日だった。ふと小西さんの顔が誰かに似ていると気になったが思い出せない。この日は友達のコンサートに行く予定なので小西さん宅探しを諦めた。

真夏のような太陽を浴びて大文字山が笑っている。小西さんの柳の葉っぱみたいな瞳が、阿弥陀さまに似ていると、山が笑いながら教えてくれた。

阿弥陀堂春の笑いが続きおり姿見せない田子蛙らし

地の底の暗きに耐えず根幹を借りて這い出る奥城の民

薄く濃き花を見送り如意ヶ嶽山色にかえる四月尽日

かすかなる風にほどけて桜ちるさよなら言うのはあしたにしよう

老いらくの恋

三日月の雫のような花が咲き　茗荷の香り古稀近き恋

四月の八千代広報に載った私の短歌である。短歌仲間のかたがこう評された。
「老いらくの恋を、美しくイメージされた素敵なお歌ね」

京都に行く度に、心のひだに潜む澱まで洗われる寺がある。法然院。谷崎潤一郎の墓がある寺で有名だが、潤一郎の墓のすぐ近くに、歌人で実業家の川田順の墓がある。彼は東京帝国大学文科に入学、小泉八雲の薫陶を受け、八雲が退任をしたら法科に移った。卒業後は住友に入社。総理事まで上り詰めたのに「器ではない」と断り、佐々木信綱の門下として短歌ひと筋の生活に入る。妻を亡くされ六十三歳の時に、短歌の弟子として鈴鹿俊子と出逢う。彼女は京都帝国大教授夫人で三十六歳。三人の子供の母であった。姦通罪がある時代、若い俊子の情熱に押されて二人で出奔。当時、皇太子の短歌指導者であり三大新聞歌壇の選者でもあったので「老いらくの恋」と新聞に書き立てられる。彼は恋を終わらせようと自殺を計る。それも法然院の妻の墓に頭を打ち付けたそうだが、友達が駆けつけて未遂に終わる。俊子の離婚が成立し、一九四九年、順、六十八歳、俊子、四十一歳。京都を離れ子供を連れて結婚生活に入る。

はしたなき世の人言をくやしとも悲しとも思えしかも悔いなく　　鈴鹿俊子

さて件の自分の短歌に戻る「老いらくの恋のイメージ」この講評に二点のショックを受けた。①イメージ、歌はエッセイ同様、心に感じたことや実際の経験に基づいて作るものだと実践してきた。しかし小説のようにイメージや想像力で短歌は作ってよいことがわかった。寺山修司の短歌はほとんどフィクションらしい。小説のように読む人を感動させたら良いそうだ。飴玉を舐めた後の舌のざらつき感がわき上がった。飴玉の甘い記憶が舌から消えると、この歌を作った時、恋をしていたのかさえおぼろげになった。②老いらくの恋、二年前に読んだ岸惠子の『わりなき恋』も「古稀近き恋」も年齢からするし老いらくの恋だったのだ。飲み終えた黒楽茶碗の底にこびりついた、抹茶の粒みたいな後味の悪さが残った。

法然院の川田家の墓は経筒を型どった八角形の墓標である。順は頭を打ち付けて死のうとした先妻和子の墓と、鎌倉の東慶寺の墓に鈴鹿俊子と眠っているようである。木々に囲まれた法然院の墓は訪れる度に新しい板塔婆が供えてあった。

墓場に近きおいらくの恋はおそるるもの何もなし　（川田順「恋の重荷」より）

白川夜船

わが庵は花の名所に五六丁紅葉に二丁月はいながら　谷崎潤一郎

故里、京の都は思いのほか小さく東京二十三区の中野区とほぼ等しい。潤一郎の住まいは三回目の引越し先、岡崎に近いから、その通りだと実感できる。しかし小さい町なので、どこに住んでも花と紅葉と月に近い。

父が東京本社から京都へ赴任した最初の住まいは、新門前通りに面した借家だった。その家に五歳まで私は住んだ。浄土宗総本山、知恩院の門前からすぐの通りで、昔も今も骨董屋が多い。花の名所には五、六丁行かぬとも、裏に流れる白川の向こう岸に枝垂桜と柳が交互に配され、いながら花見が出来た。もっとも五歳の私に花見を楽しんだ記憶はない。白川沿いに西へ行くと、花街祇園らしい舞妓が行きかう巽橋《たつみばし》がある。紅殻《べんがら》格子の旅館や料亭が川の水際に張り出すように並んでいる。春、夕暮れ時から、ぼんぼりに灯りが入ると紅枝垂の並木道は艶麗極まる。白川は軒すだれから洩れる灯りと桜が溶けて一層、白い川となる。しかし夜桜の名所と知れ渡り、桜の花片の数より観光客が多くなった。夏目漱石や尾崎紅葉ら文人が泊まったという「大友」という茶屋の跡には祇園をこよなく愛した吉井勇の歌碑がある。

かにかくに祇園はこひし寝《ぬ》るときも枕のしたを水のながるる　吉井勇

枕の下の水が白川なのである。

借家は古い町屋造りのうなぎの寝床であった。昔、京都は通りに面した間口の幅で税が決まった。本当に細長く裏口は隣の通りに出られる家も多い。胸元まである真っ白い顎ひげの隣家のおじいさんはとても優しかったが、遊び友達の子供は近所に一人もいない。父の一番下の弟が京都の学校に入学し同居していた。進お兄ちゃんだけが唯一友達であった。うなぎの寝床の真ん中には坪庭があり大人の背丈より高い苔むした手水鉢《ちょうずばち》が配されていた。奥の庭と蔵は白川に面し、川の向こう岸は古門前通りである。

一番、思い出に残っているのは、時代劇のロケとして我が家が使われたことである。当時、東映時代劇最盛期、日本間を侍達がドドーッと駆け抜けて行った。斬られて白川に倒れこんだ侍が「カット！」という声と同時に笑いながら起き上がったシーンは忘れられない。川幅は狭く、深さも立ち上がった侍の太もも辺りしかなかった。

父が本社勤務に戻ると一家は関東に引越し、私は二十二歳になっていた。偶然読んだ『春の鐘』のあとがきで立原正秋の常宿「岩波」が昔住んでいた借家だとわかった。早速、母と昔懐かしさで客人として「岩波」を予約した。

千本格子戸を三十年ぶりに開けると打ち水された石畳が輝いていた。石畳の途中に茶室へのにじり口近くにあるような待ち合い所があった。どっしりとした衝立のある玄関口には先々代、松本幸四郎愛用の腰掛がある。赤と黒の六角形のモダンなものでひときわ目立った。お女将さんに宿を案内されながら母は昔の面影探しをしていた。蔵も客室となり蔵の白壁には紅葉の影が紅々と燃えていた。文人墨客、役者、学者、大使達の常宿だと女将は言った。片泊まりの小さな町屋の宿ではあるが数寄屋造りの建築の粋を極めている。日本の昔からの空間と時間の温もりが「岩波」にはあった。

仕事人間の父と、旅を楽しんだ想い出は殆どない。八十近くで退職し、五年半看病した母が亡くなり独り暮らしの父を誘い、春の「岩波」を訪ねた。白川に張り出した部屋には窓の下に腰掛がある。腰掛けると向こう岸の桜が手に届くくらい咲き誇っていた。夕日が射すと部屋中、桜色に染まった。父は口癖の「最高だ、最高だ」を連発しながら女将の亡き後、宿を切り盛りしている徳子さんの手を取って秋にも来ると、約束していた。


「蛍が出ましたし来はりませんか？」

徳子さんから電話が来た。

夫と思い切って六月の京都を訪ねた。宿に夜着くと
「灯りをすぐつけんといてください」

と徳子さんは言った。蛍が二匹、部屋の先客である。団扇で放つと白川に光を落としながら柳の根元へと消えた。目をこらすと小さな点滅があちこち。えもいわれない初夏の夜だった。

さて、白川夜船とは……。広辞苑を引くと、この白川に由来していることを知った。

「毛《け》吹草《ふきぐさ》」注①によると京へ行ったことがないくせに行ったふりをした男に「白川はどんな所だった」と尋ねると、てっきり川の名だと思った男が「その川は夜、船で通ったから寝込

んでいてわからなかった」と答えたそうだ。ここから熟睡して前後を知らぬことの意味になった。白川は京都の北部鴨川以東、東山との間の地域を言い、白河殿、藤原氏の別邸や、白河法皇の御所や寺々が並ぶ平安京随一の繁華な地であった。今もその名は町名として残っている。新門前通りの裏を流れる白川[注②]も当時からあったが小さな川で、今も昔も船など通れない。二つのうそがバレタという話である。

今日は七月十三日、午前二時、千葉の上空だけは空梅雨と思っていたら前線を伴って大雨大風が突然、雨戸をたたきだした。

家人は早や、白川夜船である。

紅枝垂れほどけて流る白川に都おどりのぼんぼり灯る

髪の毛に蛍とまりし旅の宿眠れぬままに夜の雨くる

注①　毛吹草　江戸初期の俳書七巻五冊。松江重頼著。

注②　白川　比叡山の南にある山中村に発し如意ヶ嶽、白川山の渓水を取り入れた清麗な小川で花崗岩の崩壊した白砂を流すところから白川といわれる。

雪大文字

ふるさとのおけら火廻す初夢の八坂神社の父母若し

時雨は北山から町の中に降りてくる。

薄日と交錯し輝いたのも束の間、町を鈍色に染め上げる。北山時雨の日が重なり、灰色の重苦しい雲に覆われる日が続くと、故郷は真冬になる。雨は霧をよび、時雨は雪にかわる。山々に囲まれた底冷えの暮らしから離れて久しくなった。太陽も月も、山から出て山の端に落ちる暮らしは、大学を卒業するまでだった。春は山から町へ降りて来て、秋は町から山裾をなでながら、上がっていく。寝転びながら四季が見えた。ビルや家並みの後ろから朝になり、月が隠れる関東平野に、四季もハレの日も、私には感じられなかった。

それは、人生の最も良い季節を故郷、京の都と共有したからかも知れない。しんしんと凍て付くばかりの寒ささえ、心地よい。

ハレの日にむかう故郷は一段と美しい。昨日が今日となり、明日へと流れるだけなのに、新しい年を迎える前日、時が止まったかのように静寂になる。それは、師走の喧噪の果ての、大晦日の夕暮れから始まる。

子の刻、各寺院から、静寂を破って鐘が鳴り渡ると、京の町は沸きあがる。鐘の音は山々と響き合い、夜のしじまに吸いこまれていくのである。いよいよハレの日だ。

「しっかり、足を踏ん張って！」

父も、妹も、私も母に叱られながら、晴れ着を着せて貰う。祇園神社に、おけら火を貰いに出かけるのだ。

平安神宮の大鳥居を潜り、青蓮院、知恩院を抜けると、この日、京の都で一番にぎわう祇園さんに着く。薬草のおけらを厄除けのために火に入れるので、おけら詣りとよばれる。火種を消さないように、くるくる廻しながら家路へと急ぐ。それは、満天の冬の星が地上で蠢いているように美しい。火種は神仏の灯明にし、雑煮を炊くのである。

ハレの日の喧噪の中で、旧い年と新しい年の交代劇が秘めやかに行われているのだ。旧い年を無理に忘れたいと思うようになったのは、関東に来てからのように思える。幼い頃も学生時代も毎日が楽しく、忘れたい年など無かったのだろう。人生の一ページ一ページが輝いていた。その連続の中で、忘れたいページが多くなり、大人になった。

冬空が一転して青空に変わり始めると、立春が近くなる。しかし、大寒から立春を過ぎても比叡下ろしは吹き荒れ、冬将軍は居座り続けた。山々は白く覆われ、我が家の南西の窓から、如意ヶ嶽に刻まれた大の字が鮮やかに浮かび上がる。これを雪大文字という。実はここを自分の墓所に密かに決めている。あくまで非合法ではあるが、終の棲家に予定している。子供は、いない。所属する宗教はない。

「戒名不要、葬式不要」

白洲次郎のように逝きたいものである。

盆の八月十六日、死者たちを見送る火が、五山を燃やす。町の灯りが消され、漆黒に浮かぶ大の文字に向かい、何十万の人々が未来永劫、合掌し続けてくれるのだ。我ながら何と素晴らしい散骨場所だとほくそ笑んでいた。しかし何と、上野千鶴子女史も同じ場所に散骨を希望していることを知った。女史のベストセラーになった『おひとりさまの老後』の中で見つけた。彼女は大の「犬」の部分に埋葬して欲しいとあった。よかった。私は大の、ど真ん中、「太」の場所を永眠の地と考えているからである。

昨年三月、夫婦そろって、リタイアした。

このまま、青空の多い、風の強い、山の見えない暮らしを続けるべきか。恋しい、恋しい都に帰るべきか、心が揺れる。今日、故郷の友から来たメールにこう書いてあった。

「『去ぬ』一月。お次は『逃げる』二月になりましたね。毎日、最高気温一度。年老いてからの京の底冷えは、こたえます。故郷は、遠くで想うからこそ、ええのかも。でも、今朝も雪大文字が、きれいです。」

写メールいっぱいに、私の終の棲家が輝いていた。


元日の八坂神社のおけら火を廻し過ぎりしとおき想いで　（母の歌）

北山の稜線空と溶けあいて時雨来るらし白き鴨川

時雨来て祇園神社の軒を借る笑顔ばかりの元旦の朝

茶道

絵日記の父母若く笑みばかりバターケーキに仁丹の粒

昔、京の都では六歳の六月六日から習い事を始めるという、『オーメン』みたいな風習があった。両親は関東出身であったが、私は京都で生まれた。母は京女に仕立てようと、この日からお茶とお花を私に習わせた。八十歳を過ぎておられた先生は、茶室ともう一部屋だけの平屋で一人住まいをされていた。抹茶は苦く足は痺れたが、近所の同じ年の友達とお菓子を目当てに通った。

その頃、京都は八月の終わりに町内一斉に大掃除の日があった。畳を全て表に出し、床下に石灰をまき、父はタオルで口にマスクをし、思い切り畳を叩いた。必ず近くの京大生たちが、料理好きの母の食事と西瓜とバイト代目当てに手伝いに来ていた。子供は足手まといなので、茶道の先生がその日は私達を映画に連れていってくれた。エアコンも電気冷蔵庫も存在していない時代、氷屋が担いでくる氷と団扇、扇風機と怪談で暑さを凌いでいた。

大学卒業と共に父の本社勤務が決まり一家は東京に引っ越すことになった。大先生は亡くなり一番弟子の品格のある先生から餞別にと師範免状、名前、看板を頂いた。

先生は「看板は表には出さんように」と、こっそり言われた。何度か引っ越しをして、荷物と紛れこみながら今は簡易な床の間に置いてある。

夫はテニスで鍛えたグリップを生かして茶をたてるのがうまい。彼を唯一の弟子にし、頂く側に私は専念している。時折、看板を見つけた来客が

「お茶の先生出来るの？」

と聞かれると

「へそで茶を沸かす方法を習いました」

とお茶をにごしている。

常宿

白味噌の雑煮で祝う故郷の宿の女将の年はわからず

熊野神社から北へ一筋目を東に入ると、ニッキの匂いに包まれる。京土産の八つ橋総本店が並んでいるからだ。フランスの友達は、このシナモンクッキーが大好物である。店の軒先に吊るされた餅花飾りが、正月気分を浮き立たせてくれる。この通りは浄土宗大本山、金戒光明寺黒谷へと続く参道でもある。万延元年に創建された黒谷の三門は修復が終わったばかりだった。ライトアップされた楼閣が、如意ヶ嶽を屏風の背にして聳え立っている。この寺は著名な人の墓が多い。古くは、徳川秀忠夫人崇徳院や、箏曲開祖八橋検校の墓がある。検校のお墓参りへ来る弟子を目当てに売られたのが、琴の形をしたニッキ味の八つ橋なのだ。

熊野神社と黒谷の真ん中に、五歳から二十二歳まで住んでいた家がある。ここが私の故郷であり、この辺りは遊びなれた庭でもあった。我が庭の一角である広大な旧仮御所、聖護院門跡の裏に、小さな宿を何年か前に見つけた。花柳流家元花柳喜鶴と掲げられた看板の横に、料理旅館の看板が小さく掲げてある。知る人しか知らないのでいつでも予約すると泊まれるのだ。今回も、暮れに心臓検査が一応パスしたので急遽、京都で正月を迎えることにした。

大晦日の夕刻近くに宿に着いた。玄関へと続く打ち水された石畳の両側には季節の花や木々が優しい。

「お帰りやす」

正月飾りの引き戸を開けると声がした。昭和の我が家に帰って来た懐かしさに包まれた。昨今、生花のない床の間や造り物の観葉植物のある旅館やホテルに泊まると興ざめする。この小さな宿は、長唄と活け花の師匠である八十歳のチイチャンが各部屋の床の間を飾る。庭師の手がかかった坪庭がライトアップされて客を迎えてくれる。チイチャンの妹さんが花柳流のお師匠さんで、宿の女将のようである。不思議な家族経営の宿なのだ。リーズナブルな料金なので、京大病院に近いせいか、患者の付き添い家族や、映画のロケのスタッフや俳優の宿でもあるようだ。

京都は伝統に胡座をかき過ぎたせいか、商売が下手なようだ。東京、大阪、外国資本に旅館もホテルもお寺も乗っ取られている。観光ビジネスが交通機関とタイアップし、パッケージツアー全盛時代にも原因があると思う。便利、安価、スピーディー、安直化は計画する時間と楽しみを消し、失敗するリスクも消した。ナビもタビもユビ一本でフビなく目的地に行ける。しかし、カビが生えたへそ曲がりはヘビのようにチビ頭をもたげクビを捻りながらヒビ考えている。淘汰されるものの中にワビ、サビ、キビがあるのではないかと。へそ曲がりがいないと伝統や常宿がなくなるのではとビビっている。正月の泊まり客は三組だと女将が笑った。

「続き三部屋を用意させてますし、我が家と思って寛いでおくれやす」

除夜の鐘を撞きに行く人の足音が晦日の夜を動かせた。

風に立つライオン

時雨に一度あったが、今年の正月の京都は暖かかった。沢山持参したホカロンも、出番がないまま帰途についた。

四日、真昼なのに、のぞみから東京駅のホームに降り立った時、風の冷たさに身がすくんだ。身を切られるような風である。京都を離れ関東平野での山の見えない暮らしは、自分の存在の地軸が定まらないのだ。時には赤土を舞い上がらせる突風は、心までざらつかせる。大都会は弱者には冷たいと、風から教わった。淘汰されるのだと、風が脅す。だから、ざらついた心を隠し、泣き叫びたいくらい弱い自分に、沢山の添え木をたてて、風に立つライオンのように暮らし続けている。

帰葉した夜から喉が痛み出した。咽頭炎は医者に二回行っても長引くばかりである。

十年くらい前に淡墨の桜を見に行った。そこの土地名だけを刷り込んだ、どこの観光地にもある土産物が、両側の店に並んでいる。土産物屋がやっと途切れたら、殺風景な野っ原の真ん中に老木が立っていた。桜が満開だったのか、淡墨のようにぼんやりとしている。枝と言う枝と、幹に、何十本とたてられた添え木だけが記憶に残った。春の陽光の中で観光収入源の桜は、老いさらばえた遊女のように見えた。

あなたライオンたて髪ゆらし
吠えるライオンお腹をすかせ
あなたライオン闇に怯えて私は戸惑うぺりかん〜

陽水の歌である。彼の高い声と洒落たメロディは、昔の恋人に出会ったような戦慄を覚える。ライオンは雄々しく見えるが孤独なのだ。絶えず何かに怯える小心者なのだ。ライオンは群れないからかも知れない。

危険は前にもあるから
どこからでもあなたは見えるから
爪を休め眠る時も

あなたライオン金色の服
その日暮らし風に追われて
あなたライオン私はあなたを
愛して戸惑うぺりかん

私は常に群れるのが怖かった。寂しがりやだけど、群れるのが嫌だった。だから、病気にも敵にも見つけられ易かったのかも知れない。陽水の歌を繰り返し聞いているうちに、帰って来たばかりの故郷の山々のふところに抱かれたくなった。私の弱さや哀しみの深さを、故郷は知っている。だから、身を切られるような風を山々が遮ってくれた。

添え木を全て外せるかもしれない。

淡墨の桜が月の光の下でライオンと踊っているシーンが、まぶたをよぎった。

うつ蟬

母の二棹《さお》の箪笥には、仕立て前の反物や帯を含めて膨大な着物が溢れていた。

「お母さんは、ほんまに着物道楽やったなあ。えり善さんのええもんばっかり着たはった」

よく言われるが、着物には染みや汚れが多く、ほとんど手入れをしていない。どうやら着物好きゆえの道楽ではなかったように思えた。

東京本社から父の栄転で二十年過ごした京都暮らしは、母にとって一番華やかで幸せな歳月であり、同じだけ哀しみの歳月だったのではないだろうか。関東の片隅生まれの田舎者を、都の人に馬鹿にされないためと、女性に甘い年下の父への妬心《としん》が、京都一の老舗高級呉服店に走らせたようだ。

還暦を過ぎてから、母の遺した着物を着るようになった。母の香りがする。着物を着ることは、襟かけから始まり、着ている最中の疲労、そして着た後の始末の大変さに寝込んでしまうことさえある。ジーンズ姿に慣れた毎日の中で、気力と体力を振り絞って着物を着るのは、樟脳と匂い袋の移り香が混ざりあった母の香りに、包まれたいからだと気づいた。

母が亡くなり十七年になる。

不思議なことだが、母が好んだ匂い袋からの香りが消えていないのだ。薄茶の和紙の匂い袋に目を凝らすと『うつ蟬香』と書いてある。源氏物語の『空蟬』のイメージの香りなのだろうか。光の君の誘惑を拒み続けた知性と理性に溢れた空蟬。拒まれれば拒まれるほど、追いかけ続けた光の君。年下の浮気者だった父を愛し続け、くも膜下出血で倒れるまで、夫婦喧嘩をしていた母。うつ蟬は理想の女性像であったのだろうか。いな、うつ蟬の香りとは『現世。この世に生きている人間』を意味しているのではないだろうか。私が生きている限り、母はこの世に生きていてくれていることを再確認する思いである。今年も酷暑だった。涼しくなれば母の匂いに包まれようと……利休鼠色の紬を衣紋掛けに拡げた。うつ蟬の香りが九月の風を捕らえた。

十一月

「若木が芽吹くと、老木は倒れる」

銀杏の街路樹が色づくと、亡き母の声が聞こえる。五歳離れて妹が産まれた時、母は四十を少し越えていた。茨城県から出産を手伝いに祖母が来、夕方まではいつもの通いのお手伝いさんがいた。

昭和二十八年十一月二十三日、妹が産まれた。その三日後の二十六日、私は、かこちゃんと誘い合わせて、電車通りに続く銀杏並木に遊びに行った。祖母に、色付いた銀杏の葉っぱを、プレゼントしたかったからだ。家に帰ったら、お手伝いの裕子さんは帰った後だった。台所には大きなぼた餅が三つ置かれ、家は凍りついたように、しんと静まっていた。祖母にとって、私は一番の宝物だったので、ただいまの声より先に、飛び出して来てくれるはずなのに。

「おばあちゃん！　おばあちゃん！」

かこちゃんと一緒に呼び掛けた。

「おばあちゃん、お風呂で寝たはるわ」

かこちゃんは笑顔で教えてくれた。湯船にもたれ祖母は目を瞑っていた。

「死んだはる！」

私は叫んだ。かこちゃんは不思議そうに「寝たはるみたいやけど」と重ねて言った。この時代、死は映像で見ることもなく、五歳の我々には、想像すら出来なかった。

当時、近所で電話のある家は、能舞台のある、竹垣が続く産婦人科部長宅と我が家の二軒のみで、近所への電話を取り次ぐ係は、私だった。父の会社に電話をし、お向かいと隣家に走った。同じ年のかこちゃんは、尊敬するように、ダイヤルを回している私を見つめるばかりだった。

五歳の私は、人間は皆、重い鉄の扉の中に入れられて、一筋の煙になることを知った。白い着物を着た祖母は、鉄の扉が開かれたら骨になっていた。あの日から、私は、笑うことが出来ない少女になった。電車に乗っても、骨になる人々を見つめるようになった。

「ママには、おばあちゃんが死んだことは決して、言ってはいけないよ。おばあちゃんは、風邪をひいたから、来られないって言おうな」父が言った。

五歳の私は、人を傷つけないためには、嘘をついても良いのだと学んだ。

妹に最初の子供が授かった時、母は大喜びしながらも恐れた。

「若木が芽吹くと、老木が倒れる」

母も父も倒れなかった。

母の弟が亡くなったのは十一月だった。この日の五日前、妹に二人目の子供が誕生した。

「ほらね」と母は言った。

子供のいない私には芽吹く若木がない。

十一月は大好きな故郷の秋に会う月である。今年は体調も精神も、鬱々し続けた一年だったが、紅葉に会いに京都に向かった。路面電車がなくなった通りは広く感じる。銀杏の並木が秋の光を浴びて金色に輝き、山々は錦繍《きんしゅう》の衣をまとい始めている。

数珠玉でお手玉を作ってくれた祖母、身体中を洗ってくれたお手伝いの裕子さん、涙が溢れるくらい愛している両親が光の中から立ち上がってくる。私が骨になるまで、生き続けているのだと、風が銀杏を震わせながら教えてくれた。

忘れられなかった女

「退屈な女よりもっと哀れなのは悲しい女です。悲しい女よりもっと哀れなのは不幸な女です」

いつものように夫より遅く起き、階下に降りて行くと、母がよく諳んじていた詩が、テレビ画面から聞こえた。

「『死んだ女よりもっと哀れなのは忘れられた女です』忘れられた女が一番哀れなのよ」

母は必ず詩の最後を繰り返した。浮気者と決めつけている父への非難であり愚痴であり悲嘆であった。四歳年下の父を、母は八十三歳で脳疾患に倒れるまで惚れこみ、同じだけ嫉妬に苛まれていた。役職ゆえに付き合いや接待で毎晩遅い父と、喧嘩が絶えなかった。だから、役職がない、五時に会社が終わると真っ直ぐ家に帰り過ぎる夫と、結婚した。

「ミラボー橋の下をセーヌが流れる」

画面はセーヌ川になりアポリネールの詩が流れた。母が好んだ詩の作者がアポリネールの恋人、マリー・ローランサンで、詩のタイトルが「鎮静剤」ということを知った。

「堀口大學　遠き恋人に関する調査」BSプレミアムの二〇〇七年の再放送だった。ピカソたち野獣派と呼ばれる芸術家たちのたまり場で、ローランサンとアポリネールが恋に落ち、淡いパステル画のローランサンが、初めは野獣派で、詩人だったことも知らなかった。恋愛の最中は芸術は生まれにくいと言うのが私の持論でもある。

「日が去り月がゆき　過ぎた時も昔の恋も二度とまた帰って来ない　ミラボー橋の下をセーヌ川が流れる」

この詩も「鎮静剤」も二人が別れてからの作品である。

ローランサンはドイツ人の画家と結婚し第一次世界大戦が勃発。スペインに夫婦で亡命中、十歳年下の堀口大學とマドリッドで出逢ったのである。一九一五年、堀口が二十三歳のときである。アポリネールやローランサンの詩を翻訳したのが彼だった。

アポリネールはローランサンに失恋し大戦に参戦。負傷して除隊し結婚。その年スペイン風邪で三十八歳で死去。ローランサンは彼の結婚と死の知らせを聞き、書いた詩が「鎮静剤」だと知った。

もっとも哀れなのは忘れられた女……母はくも膜下出血で倒れ、動くことも、話すことも、食べることも出来ないまま五軒の病院に五年半入院し、旅立った。一番長く入院した青梅の病院には、柏市の自宅からバスと電車を何回も乗り継ぎ往復五時間の道のりを一日おきに父は通った。あの時、父は八十歳を超えていた。車椅子に父が母を乗せては足をさすり、話しかけているのを母は解っていたのだろうか。

「ママ、看護婦さんも皆、感動しているよ。パパはママのことを凄く愛しているのが解った？　忘れられた女なんかじゃないんだからね」

倒れてからの母の瞳はマリー・ローランサンの描く童女のような目になった。

アポリネールが死に至る病に伏した部屋には、野獣派時代に描いたローランサンの「アポリネールとその友人達」が架けられていたそうである。彼は片時もローランサンを忘れたことはなかったのだ。ローランサンも母も一番惚れこんだ男に死ぬまで愛されていたのである。

ローランサンはドイツ人の画家と別れ、パリで寂しい晩年をすごしたようである。遺言通りに白い服に包まれ赤い薔薇とアポリネールからの恋文を持って旅立ったそうだ。

「あなたは田中絹代に似ている」から始まる父からの軍事郵便の全てを、母は宝物にしていた。棺に、軍事郵便を持たせて旅立たせるべきだったと悔やまれてならない。

ハルピンの春を告げたる色褪せし軍事郵便諳んじるまで読む

（母の短歌）

頭痛

振り向けば亡き父母の声を聴くあの日と同じ色の夕焼け

厳寒の底のような日々が続く。寒い日は家の整理でもと、炬燵からどっこいしょと身体と精神を持ち上げた。段ボール箱の上書きに妹の字で「姉さんが元気な時にゆっくり読めば」と書かれてあるのが目に入った。元気な時など我が人生で探してもないのだが、パンドラの箱を開けた。

母の最後の、五年半に及ぶ病床記録を父と私が交互に書いた分厚いノートが一番上にあった。その下には私の小学校一年生から大学卒業までの通知表、母の戦争中の日記、父が退職してから始めた俳句や短歌集、母の女学校時代からNHK通信講座時代までのエッセイと短歌があった。一番下には『私の宝物』と母の文字で書かれた包みがあった。幸生と命名された時の墨書きと臍の緒、そして両親と私の膨大な往復書簡類が宝物の包みの全てだった。

母の五年半の看護と、一人になった父の世話と介護、二人を見送ってからは、両親の家を売却することも、空き家を見に行く気力も無くなってしまった。妹が結局、整理をしてくれ、欲しいものを持って行って貰った他は全て業者に任せた。両親がこの世にはいないことを、再確認することから私は逃避したのだ。

亡き人を文章に登場させるのは、再びその人を蘇らせる作業だと誰かが書いていた。私の心には両親は四六時中、蘇り生きているのが現実である。子孫を残せなかったことは両親にも申し訳なかったし、浮き草のような哀しみが常にある。母亡き後、一人になった父と同居しなかった後悔に、今でも押し潰されそうになる。しかし私が書いた手紙を読んで、いかに両親が喜び、私からの書簡をとても楽しみにしていたかが、返信でわかった。病気ばかりしている心配させた娘だったが、両親に歓びも与えていた宝物の娘でもあったようだ。パンドラの箱の底に希望があったわけではないが、両親の遺伝子の少しを繋いで、エッセイと短歌を書かなければと、親孝行の私は、再び炬燵に潜った。

さて、パンドラの箱の中身は、資源物の日か燃えるゴミの日に出すのか……私のお棺に入れて貰うのか、頭痛がして来た。いつの間にか涙色の空から音のない氷雨が降っていた。

天気雨

路地路地に虹の切れはし確かめて府庁前にて虹に追いつく

バス停を二駅歩くと御所に着く。丸太町通りには老舗の店が多い。何しろ御苑の南の通りなので宮内庁御用達、有職何とやらが多い。八千代の家では二階に引きこもる毎日なのに、故郷の気が化学反応をおこす。アドレナリンが全開し毎日、御所へと足が向いてしまう。御苑は広くいつも堺町御門から入る。御苑内には御所を囲み、二百軒の宮家や公家の邸宅があったそうである。東京に遷都された時に全てが撤去され、千本はあると言われる桜の下には邸跡の石碑が立っている。

十二月六日、サンドイッチと缶コーヒーと蜜柑を持って、ランチを御苑でと出かけた。京都にきて二週間が既に過ぎた。夜来の雨が上り心地良い日である。丸太町通りは東西の大通りで、碁盤の目の南北の通りは、烏丸通りまでは細い小路が多い。小路の名前がいかにも京都らしい。釜座通りの北の端に虹が横たわっている。レインボー、ボーの弓の形ではなく大地と平行に七色の太帯をほどいたような虹だった。次の路地にも虹は横たわり、大きな通りへと足早に歩く。府庁前の通りで消えかかる虹を写真におさめた。誰もが日常生活をしているようで虹に気がついていない。誰かに言いたい衝動が高じた。

「虹が出てます」

前から来られた年配の女性に声をかけた。

「北山に天気雨降ったんやねぇ」

振り返りもせずに答えられた。

天気雨……こんな心地良い言葉を久しぶりに耳にした。

この日、虹を再び見た。バスで鴨川を渡った時、北山の右側に天を突き刺すように直角に虹が立っていた。心が踊った。バスの窓にカメラをつけて撮影しても、誰もが日常に埋没している。京の都を南北に流れる鴨川の橋の中で、河合橋から北は、天気が五度違うと言われるくらい寒い。町中は太陽に包まれていても、北山は鈍色の雲を従えている。時雨はいつも北山から町中に降りて来た。

二十二年間暮らした故郷は、充実感や幸福感やとにかく日常で忙しく空の記憶がない。

春についで秋も一ヶ月、京都で一人暮らしをしている。食事をこしらえることも、夫を罵ることも、罵ったあとの自己嫌悪感もない非日常の時間を、とにかく紅葉を追いかけ走り回っている。万歩計を見ると毎日、一万歩をゆうに超している。京都暮らしも残り半分になった。人生も限りがあるのに、自分だけは違うと健全な精神の人は考える。私は絶えず死を意識しながら生きて来た。この秋が最後かも知れないと歩き過ぎた足を擦りながら出かける。

「八千代に電話したら、いつも死にそうな声を出して、なんやねん。また、ご主人おいて走り回って」

中学の恩師に叱られた。亡き母に代わり、叱ってくれるかたの存在は有り難いもんだ。私って、なんや天気雨みたいな女かも知れへんなあ、とふと、おもった。

天気雨 釜座通りに虹を見る糸屋格子に冬の陽動く

千本の桜紅葉は散り透けて邸跡ばかりの御所の小春日

夕もやに沈む町家に帰りくる「ただいま」という「しん」とこたえる

夕されば町家はしんとしずまりて庭の南天あかあか灯る

Ⅱ章　事もなげに

青い鳥

薄氷に鵯の落とせし万両の赤い実沈む如月の朝

二十センチしか積もらなかったのに、一週間が経っても、日陰にはまだ雪が残っている。親子の雪ウサギも少し痩せたけど元気だ。残り雪を撫でて行く風がつめたい。小鳥の餌台に、米粒と向日葵の種を入れる。氷の張っている水盤に水を入れると我々の遅めの朝食が始まった。毎朝、私より二十分早く起きる家人が、朝食当番である。横並びに座り、バードウォッチングをするのが、会話が少なくなった夫婦の余白を埋めている。

お向かいの大きく育ち過ぎたエゴの木が、鳥たちのお気に入りの止まり木だ。雀、モズ、メジロ、ヤマガラ、四十雀、シロハラ、鶯、白セキレイ、山鳩、野鳥図鑑で確認出来た鳥たちである。待ってましたとばかりに餌台を目指してやって来た。ヒヨドリも来訪するが追っ払う。日本画のモデルにはなっているが、卑しいが偏で旁《つくり》が鳥のこの野鳥は好きになれない。母もギャングと言って嫌っていた。

この家に住み二十一年、人生で一番長く住んでいる。ご近所に恵まれ袋小路ゆえに静かな環境も気に入っている。我が家の裏はフレンチレストランの庭が広がり、入浴しながら窓を開けると木々と花と小鳥が見える。しかしながらどうして、こんなに、ふるさとが恋しいのだろうか。

我が家から車ですぐの休耕田が拡がる土手に、ルリビタキが来ていると情報が入った。まだ残り雪や氷が張っている朝出かけた。竹やぶから、ルリビタキが飛び立ち木株に止まった。純白なドレスに、サファイアブルーの帽子とコートをまとい、鮮やかなオレンジ色のジャケットを僅かにのぞかせた黒いつぶらな瞳の青い鳥、雀が哀れになるくらい美しい宝石だった。

青い鳥はここにいると知っているのに、今日もパソコンを開いては、ふるさとの賃貸物件を探している。


歳月が葡萄のように熟れてゆくつかめぬ風を追いかけるうち

イギリスのジャム職人になったよう梨を煮ながらビートルズ聴く

ありのみ

今年も年金の二か月分を、梨屋さんに払いに行った。

「また来年もよろしくお願いします」

女主人は梨のオマケを車のトランクに運んでくれて、愛想よく手を振った。年金生活になれば、以前のようなお付き合いは止めようと固く決心したのに、拡げた風呂敷が畳めない。今年も梨は美味しかった。あまりにも美味しかったから、あの人にもあの人にもと送ってしまう。毎年、小学校一年時の恩師から故郷のご近所、友達……。私が今まで、生きてこられた大切な有縁の人々に送りたくなる。

故郷、京都から八千代市に住むようになり、一番、感動したのが梨の花だった。一重の真っ白い清楚な花、春の嵐を受けて雪のように散る様。勤務していた高校は梨畑に囲まれていた。花の季節になると、白波が重なりあって校舎に押し寄せて来るようだった。

「極上のあわ雪と記す梨の礼」

子規の時代は長十郎梨しかなかったようである。この梨が極上のあわ雪とは……彼はことのほか梨を好んだようで梨の俳句が多い。明治時代と違って種類の豊富さと美味しさを八千代の梨屋さんから教わった。今では梨博士とおだてられ、初梨が収穫されるとメールが来る。

「筑水出ました。今年はどうか味見に来て下さい」

七月一番に収穫される梨である。梨博士は厳しい。

「まだ今いちジューシーさが足らんなぁー」

「やっぱり……雨が少なかったから、もう少ししたら、また、味見に来てくださいね」

それからが大変である。甘く熟してしまったのでお盆のお供え用に沢山、注文した。幸水、豊水、秋月、南水、天秋、南月、かおり、新高、私専用の梨まである。手間がかかるから接ぎ木を切ってしまうと聞き、伐らない代わりに全て収穫した梨を購入することにした。秋明かりという。とても上品な甘さで、超極上淡雪の梨である。

接ぎ木で梨は色々な種類が生まれるそうだ。

オマケの梨で今年も沢山、コンポートやジャム作りをした。ワインは四本あけた。風が北の窓を叩いている。雀達《から》が、えごの実を叩く音が耳に楽しい。ホーロー鍋を焦がさないように、オマケ梨を木杓子で回しながら、季節がくっきりと秋になったことを知った。

幸生くん

十年たってやっと子宝に恵まれた両親は、名前を命名するのにも思い入れが深かったようである。母の名前「香根」から一文字とった「香かおり」が一番の候補らしかったが、結局、私の名前は幸いにして生まれたから「幸生《さちお》」と命名された。

名前のせいで男子クラスに入れられ「さん」とよばれず「くん」で呼ばれることが多かった。いまも窓口の手続きに行くと「本人でないと困ります」と拒否され「私が幸生です」と証明書を出さなければならない。「幸生」は女性だと思われないのは仕方がないと諦めた。だから「香」にしてほしかったと、両親に文句を言い続けた。

幸いに生まれた「幸生くん」だが、子供時代から生死をさ迷う病気に次々かかっては、両親に心配ばかりかけていた。先天性心臓病と診断されたのは二十歳。当時、心臓手術ブームだったせいか大学病院のドクターは言った。

「すぐに手術をしないと三十歳くらいしか持ちません」

「私の宝物にメス一本触れさせません」

母が号泣したので、泣きたかったけれど先手をとられてしまったことを覚えている。

三十歳でエンドなら、一日二十四時間を四十八時間、濃密に生きよう。三十歳で逝っても六十年を生きたことになると自分を鼓舞した。

先天性心臓病だけでも十分悲しいヒロインなのに腹部、心臓、胸腺腫瘍摘出やら六回身体にメスが入り、病総合商社社長の椅子から降りられない。しかし三十歳で逝く予定が、両親をそれぞれ五年、介護して見送った。

男性に間違え続けられた幸生くんは残念ながら母親にはなれなかった。香さんだったらなれたかしらと。


しまい湯と一番湯のみの四十年家族築けず鈴虫がなく

子を産まぬ私はどこに属している霊長類などおこがましくて

幸いにも生まれて、幸いにもここまで生きて、芳紀一三六歳にはなった。

いかなごのくぎ煮

イカナゴに友の添えたる沈丁花庭に根付きて香り拡がる

小学校三年のクラスで一番頭が良かったのは、セッチャンだった。一番の美人とか一番賢い人に憧れて友達になる傾向が私にはある。セッチャンの家へは行ったことはないが、我が家にはいつも遊びに来ていた。母はセッチャンがお気に入りで

「やはり、アンタと違ってセッチャンは、賢いねえ」

セッチャンが誉められるのが嬉しく友達として誇らしかった。

夏休みの宿題も我が家で一緒にした。ガリバー旅行記の紙芝居の絵を一枚ずつ描いた。絵は少し私の方が上手いように思えた。セッチャンが帰ってから母に絵を見せた。

「これが、セッチャンの絵。私はこっち！」

「さすがに構図も色もセッチャンは凄いよねえ」

やったあ！　私はセッチャンと自分の絵を反対に出したのだ。正直者の私はすぐに事実を伝えると、母は噴き出して笑い転げた。

「アンタって子は！」笑って誤魔化すしかなかったに違いない。中学から親の言う通りに大学まで私学に進んだ私と、セッチャンとは賀状だけの交情になった。

ある時、私は小学校三年の担任の先生に会いに行く計画をたてた。セッチャンと、一番美人だったくみちゃんと、一番お金持ちだった孝子さんを誘った。何と半世紀ぶりに、故郷の先生のお宅に集まったのだ。クラスの男の子の姓名も、どこに住んでいたかも覚えていて、やっぱりセッチャンは賢かった。

翌年から、川西市に住むセッチャンからいかなごのくぎ煮が送られて来るようになった。セッチャンのくぎ煮は最高に美味しく、ラップに包んでは冷凍して夏まで頂く。くぎ煮の入れ物にはセッチャンの庭の一枝が添えられてあった。

ある年、五センチばかりの沈丁花が添えられていた。庭に挿したら大木になってしまった。沈丁花の香りがし出すとセッチャンのくぎ煮がやって来る。大木になった話をしたら、彼女は沈丁花を枯らしてしまったらしい。絵と挿し木は私の方が上手いようである。

短編小説

ニーチェにもニーチェの馬にもなりたくない風おさまりて青柿の落つ

二月十七日、春一番が空を土色にした。乾燥しきった関東平野の大風は心までざらつかせる。船橋のデパートに行く予定だったが、外出する気力が萎えた。家人が車で送って行くと言うので、久しぶりに成田街道を船橋に向かう。同じような家並みと、寂れた店が混在して、風が唸り声をあげると猥雑さが増す。子供がいないせいだろう、何十年住んでも千葉は都にならない。道は渋滞して、家人とも心弾む会話もなく、土色の空気が車内にも侵入する。

暴風は翌日もその翌日も吹き荒れ、昔みた『ニーチェの馬』と言う思い切り暗いハンガリー映画を思いだした。人生は理不尽の連続のまま終末を迎えると言う哲学的ニヒリズムの極みのような白黒映画だった。

春一番の次は春二番ではなくて北寄りの暴風が続いた。月曜日は家を揺らす暴風になり、夕方から堰を切ったような、土砂降りの雨になった。

大風の日は部屋にこもるに限る。今日も北寄りの大風の日、天袋から気になる段ボール箱の一つを開けた。その箱は勤務していた高校司書時代の生徒からの書簡類が入っていた。教員でも友達でも母親でもない司書宛てに「大好きな田巻先生へ」とハートマーク入りの書き出しから始まっていた。人生、世界、政治、恋愛、進路、部活、親子関係、生徒の悩みを共有し返事を書いていた毎日。留学生を含めて何百いや千通はあるかもしれない手紙を読みながら、顔を思い出せない生徒が多かった。

「図書館が高校生活の中の唯一の天国で、天国には必ずどんな愚問も難問も悩みも答えてくれる天使がいてくれたことを、一生忘れないでしょう」

天使には子供がいないように、子供のいない哀しみと、この世に何も残さないコンプレックスが、風のように沸き上がる時がある。

『ニーチェの馬』の暴風雨は六日で終わり、映画は暗い結末を推察させて終わった。千編の短編小説を読み終えた疲労感と充実感が風のように身体をめぐる。

日付が二十五日に変わり風が止んでいることに気付いた。

子を産まずこの世に何しに来たのやら地層にのこる風の足跡

長編小説

生きること馴じめぬままにボブディラン答えが出ない「風に吹かれて」

山茶花の蜜を吸いながら垣根を飛び渡っているのはメジロたち。四十雀は窓越しに居間を覗き込み、雀は垣根に勢揃い。鵯は山法師のてっぺんで睥睨している。窓を開けると、冷凍庫を開けたような冷たさで、小鳥たちは一斉にお向かいのエゴの木に飛び移る。花の季節は終わり木々が葉を落とし、一際目立った千両、万両の赤い実も鵯に食べつくされた。正月飾りを片付けると、部屋は新しい年の新しい静けさになる。

「今年は切手が四枚だけ」とお年玉つき当たりくじ番号の賀状を家人が持って来た。

「君は僕をどんな時でも信用してない」と言われるのを覚悟してもう一度、くじ番号を見直す。やはり一枚見落としあり。同じ年齢ゆえか性格が不一致なのかライバル意識満々の毎日である。子供がいない我が家は、客人がくるわけでもないのに正月は何だか気ぜわしい。購入枚数を激減させ、先方から来てから出す怠慢さが、年々高じている。

一月十八日。「起きたけど夜まで特に用がない」日だった。冷凍庫みたいな日はこたつむりに限る。当たりくじ探索ついでに賀状を読み返し分類してみた。卒業生から来る賀状は写真プリントが殆どで、友達の次に数が多いことがわかった。高校図書館に勤務した最初の卒業生の加代ちゃんは、五十歳になる。賀状には「上の娘が結婚しました」と添え書きがしてあった。加代ちゃんが図書委員の時、私は三十歳を少し過ぎ心臓の手術を夏休みにした。五人の図書委員が手術前に病室にお見舞いに来てくれた。ナーバスになっていて生徒の前で泣いてしまったあの日。一枚一枚に、高校時代の生徒が浮かび、パパになりママになりキャリアウーマンになり世界に羽ばたいていたり、まぶしいくらい煌めいている。子供たちの七五三の写真も多い。胸に熱いものが降りてきた。こんなふうに、ゆっくり読み返したことがなかったことに気がついた。幸せな長編小説を読んでいるような贅沢な午後だった。

陽射しが窓いっぱいに射し込んできた。窓を開ける。冷凍庫みたいな外気は冷蔵庫くらいになっていた。居間の床に向日葵の種を置く。四十雀たちが我が家を目指してやって来た。部屋に入り種をくわえると、各々が好きな枝で種を割る音が始まる。コンコンコンコンコン楽しげな音に包まれながら、たくさんの人に支えられて、今年も一つ年が越せたようで、再び胸に熱いものが降りてきた。

ババア

最初に降った大雪が溶け出した日に、友達から手紙が届いた。新聞もとらず隠遁している私に、新聞のスクラップと川柳のコピーが同封されていた。

入場料顔見て即座に割り引かれ

佐野洋子さんのエッセイが好きだった。何年か前、大いに楽しんで笑った。川柳も笑えた。しかし……おもしろくやがて哀しく笑えなくなった。

チビなので子供料金でかなりの年齢まで行けた。

大学時代、パチンコ屋で入店を拒否され、二十二歳の時、中学生にナンパされた。

三十四歳の夏、友人と旅したドイツのあやつり人形館で私だけ子供料金で入場した。

四十代の時、電車で痴漢にあった。会社員の男性二人が痴漢を車外に追い出してくれて

「お嬢さん大丈夫ですか」と言われ顔を伏せた。

母の日に搭乗したニュージーランド航空で女性客に香水をくれた時、四十三歳の私にくれたのはパズルのおもちゃだった。

しかし……。運転免許証を手にしているのに年齢提示を要請されなくなって三年になる。川柳を送ってくれた友達も昨年「席を譲られた」と衝撃メールが来た。

若作り席を譲られ無駄を知り

退職間際の職場での話である。あまりにも図書館内で騒いでいる生徒に注意をした。

「うるさい！　ババァ」と彼は言った。

「ババァ?!?　ショック！　ブスとかデブとか言われても違うからショック受けないけどババァに向かってババァだなんて……傷つき過ぎ」

彼「?!?!」

「毎朝ネ、玄関の鏡見たらババァが映っているわけ、わかる？　この気持ち……登校拒否したくなるほど辛いのよ」

彼は無言のまま、飛び出していった。

昼休み、サッカー部の彼は、キャプテンと仲間達を連れて再び図書館にやって来た。

「たまちゃん、ごめん、ババァじゃやないからゴメン」

口々にこう言うと一斉に土下座して頭を下げた。

「悪いけど本当にババァなのよネ。十年前に言われたら傷つかなかったけど。ババァになった私にババァはないよ。お世辞と同情は余計、辛い」

「ババァじゃないってば……」

雪を渡る風は冷たい。今日もこたつむり。洗顔しない。髪もとかさない。

起きたけど寝るまで特に用はなし
鏡を見るのは止めよう。

妖精と呼ばれた妻が妖怪に

階下からサンデー毎日氏の声がする。
「今日は何曜日だっけ？」

日と曜日どうでもよくなるリタイアー

卒業式

クッキーに「元気出して」とメッセージ食べずにおこう五月の図書館

二十二回目の卒業式は、母のお気に入りだった利休鼠色の紋付を着ることにした。帯は迷ったが格調高く華やかな佐賀錦を選んだ。

女性が就職するのは、永久就職という結婚が殆どだった時代、四十歳で高校の図書館司書の職を得た。この年の三月いっぱいで退職するので最後の卒業式でもある。

「君にはその着物は地味だよ。」と夫が言う。

妻が、今年、六十のお婆さんになっていることを忘れているようだ。高校時代のクラスメイトだった夫は、あの遠い日のイメージのまま私をいつもみている。

普段は肉体作業も多くジーパン姿で生徒とバカを言い合っている私が卒業式だけ着物を着る。

「ウアー信じられない！」

「たまちゃん、女だったんだあ！」

かぼちゃがこの日だけピカピカガラスの馬車になったように図書館が生徒の声で沸きあがる。どんな生徒でも私にとっては、かけがえがなく可愛い。ここ数年、図書館の入館者が激減した。本離れは時代の流れに違いない。しかし生徒とのつながりを事務的にするようになったのも原因であると、自惚れている。

図書館は本を求めに来る生徒より、教室に居場所のない生徒、心を病み傷ついたり、悩みが飽和状態になっている生徒のシェルターでもあった。さまざまな目的で来館する生徒と対峙し関わった。名前を覚えると生徒は信頼し打ちとけた。しっかり叱り、しっかりほめ、しっかり笑い合い、しっかり泣きあった。どんな時代でも、いや、この時代だからかも知れないが生徒達は同じ視点でみてくれる生身の大人との交情を欲しているのが感じられた。同時に私は何百人の生徒の姉となり恋人になり母となり孫にまで恵まれた。

退職を意識してから、別れが辛くなるという自分本位の理由で生徒の名前を覚えるのをやめた。図書館は潮が引いたようになった。

「たまちゃん、ちょっと」

卒業式が終わり図書館の奥の部屋にいた私をK君が手招いた。三年野球部キャプテンである。閲覧室に行くと、いっせいに

「たまちゃん、ありがとう」

という声と共に花束やら写真集やら握手やらハグやら全員の野球部に囲まれて、もみくちゃになった。勉強大嫌い、野球大好き部員たちの志望動機や小論添削を、叱りながら指導した日が懐かしい。全員、志望した未来へと校門から巣立って行った。

帰路、車を運転しながら考えた。別れは新しい出会いへのステップ。卒業式（コメンスメント）は、開始、始めること（ビギニング）の意味もある。

さて、自分自身は勤務先を卒業したら何を志望し何から始めてよいのやら。家に着くと昔の卒業生から、メッセージ入り花束が足の踏み場もないくらい届いていた。生前葬状態の部屋いっぱいの花に包まれながら、先ず、母の着物を脱ぐことから始めた。

三月生まれ

心臓は三十歳しかもたないと医師に言われき　晩年長し

汗ばむ陽射しでコートを脱いだら翌日は氷雨。三寒四温、三月の気候は変わりやすい。見た覚えはないが『三月生まれ』と言うイタリア映画が大昔あった。イタリアの三月も気候が変化しやすいようで『三月生まれ』と言うと、日本で言う「女心と秋の空」同様、気まぐれを指すようで、気まぐれ女性の奔放な恋愛映画だったようだ。奔放でも気まぐれでもない私だが三月九日に生まれた。

卒業の月であり、新しい旅立ちであり、草木が芽吹き、球根が花を咲かせる心浮き立つお気に入りの月だった。しかし七年前からは鎮魂の月になった。風が雨戸を叩き、土砂降りの雨音の中で、メールの受信音がした。起きるのにはまだ早そうだ。しばらくしたら又、受信音がした。三回目の受信音は八時を過ぎていたので起きた。この日は怖くて逃げている親知らず抜歯の相談に、歯科大に行く予定をしていた。あまりの暴風雨に瞬時、怯んだが意を決して出かけた。三通のメールは友達からの誕生日メッセージだった。いくつになっても誰かが、私の誕生日を覚えていてくれ祝ってくださることは本当にありがたい。横殴りの風が車軸の雨を巻きこみ、傘をさしても全身が濡れる日だった。

歯科医は心臓手術後の今の状態を主治医より書いてもらって来て欲しいと言った。「僧房弁不全では心臓に菌が入り易いリスクがあります」持病が多いと色々、厄介である。

母の日記に〈「死に神が戸を叩く音がする」と娘が布団に入って来られると何とも言えなく、生まれながらの心臓病と診断されてからの我が家は、真っ暗な底無し沼に落ちてしまった。何気ない娘の言葉にも私が脅迫されているように思えて苦しい〉と記されていた。心臓が痛くても、それを訴えたら母が悲しむと思った。自暴自棄になって両親にわめいた時もあった。心臓だけではなく次々と大きな手術をした。その度に手術室に見送る両親と夫の切ない顔が浮かぶ。心配ばかりさせた私の人生は何の意味があったのかと私自身が切ない。

歯科大の待合室で何人もの友達からの誕生日メールを受信した。ポストの中にはカードやプレゼントも届いていた。

「幸生さんの古稀は特別です。三十歳持つかと言われて、船が浮かぶほど泣かれたご両親が誰よりも一番、喜んでおられます。あれだけの大病の嵐を越えて古稀を迎えられたのは神様のご加護としか考えられません。神様から頂いた命をお互いに全うしましょう」

三月九日があと一時間で終りかけた真夜中、小学校時代からの友達のメールが来た。慌てて両親の位牌に古稀を迎えた報告をした。雨は止んでいたのに涙が雨になった。翌朝、三月の光の中で、庭中のラッパ水仙が一斉に開花し、鶯の初音が裏の林から届いた。

三九《サンキュー》と亡き父母に報告す三月九日古希になりけり

ゴッドハンド

啄木の三倍生きて子も歌も残せず今朝も花ガラを摘む

任侠映画時代の健さんもびっくりなくらい、私の身体は傷だらけである。臍を中心に上やら下やら……いやはや六回、死と対峙する手術をした。

「神はその人に耐えうるだけの試練しか与えないのよ」と、クリスチャンの友達はおっしゃる。私を強か者と思ってられるのか、ヨブに何故、あのような試練を与えるのか、宗教心が皆無な私には、性格が悪すぎる神に絶望している。しかし偶然なのか運命なのか、出会った主治医は皆さん、ゴッドハンドの持ち主であった。そして黄金の稲穂は垂れると言われているが、心から尊敬出来る神様だった。

実は私の手も、ゴッドハンドである。先天性心臓病のため、子供はいない。貧しく清く美しく暮らしているせいか、不妊で悩んでいる人と握手をしたら九割以上、赤ちゃんが誕生した。隣家は四十一歳で、お向かいは四十三歳で初産。数えたら二十人以上のベイビーがゴッドハンドで誕生した。勤めていた職場の同僚が言った。

「退職したら、出来高報酬払いにしたらいかがですか。税金は不要だし小遣いになりますよ」赤ちゃんが授かると勿論、大喜びされてハグを受けたり、私の名前をつけた人もいたが、私からお祝いを送るだけで報酬無し。出来高報酬払い一件十万円なら二百万円以上の報酬となる。

私のゴッドハンドはそれだけではない。高校の図書館司書時代、ボランティアで生徒たちに小論文指導や志望動機添削をしていた。悪ガキのたまり場だった図書館は、その生徒たち全員を大学に入れるのが私の夢でもあった。受験の時期、ゴッドハンドとの握手を求める生徒達で、図書館は混雑し全員、志望校に合格した。

退職した年、先輩から聞いたと、ある生徒が小論文添削に、わが家に通うようになった。一般受験に切り替えたせいもあるが、念入りに握手をしたのに第一志望校に落ちた。不純な心がもたげたせいなのか。ゴッドハンドにも退職時期があるのか。リタイアして四年を過ぎたが、我が暮らし楽にならず、じっと手を見る毎日である。

家《いえ》電《でん》

朝七時「生きてるぞコール」の九年半父の電話は二月に途絶え

「ハイ、田巻です」

「お嬢さんですか？（かってはそうだった）」

「ハイ」

「お母さんは？」

「留守です（十五年前に遠くに旅立ったままである）」

「何時くらいにお帰りですか？」

「わかりません（最近は夢の中にも来てはくれない）」

特技は何もないが子供の声を真似るのが好きなのだ。これでセールス電話の殆どは円満に撃退している。リタイアしてから三年たった。サンデー毎日なので昼間の在宅時間が増えた。親しい知人や友人との連絡は、メールか携帯になった。昼間、家電にかかる殆どはセールス電話である。客人がいるときに電話が来ると、流石に子供の声での対応は出来ない。

貧しい年金暮らしなのに、金融関係のセールスが多い。いきなり銀行名を言い「奥様でいらっしゃいますか？」から始まり、儲かる金融商品を述べられる。

「あの～お金ありませんし、儲けたいと思ってません」

無私無欲は考えられないようで、セールスレディは執拗に続けられる。

「お客様が来られてますから」と本当のことを言ったり、夕方近い電話には「天ぷらを揚げてますので」と嘘を言い……何のことはない騙しあいっこをしているだけである。電話のセールスで商品に飛び付く人がいるのだろうか。

知人が、正月早々、お墓のセールス電話が来たと憤慨していた。てぐすねひいて待っているのに、子供のいない我が家には、オレオレ詐欺氏からの電話も、お墓のセールス電話も来ない。美人薄命と言われているから、美人ではない情報が、個人保護法の網を潜って伝播されているのだろうか。

かって家電には、独り暮らしの父から、定期便の電話が来ていた。

毎朝七時。

「お早う！　生き過ぎているくらい生きてるぞ」

毎晩九時。

「今夜も鈴木さんから（ご近所の方）美味しい天ぷらをいただいたよ。巨人は勝ったし風呂にも入ったから寝るよ……おやすみ」

父は前立腺ガンと言われてからも、九十歳を過ぎても、明るく元気そうに見えた。生きているぞコールが来なくなり七年になる。

待つ電話そのものが、私の人生からなくなった。総天然色人生からモノクロになった。

あの時から家電は、肩身が狭そうに居間で鎮座している。


線香の灰落つる音耳に受く父のこの世の息絶えし夜

せせらぎ桜

エッセイの会「せせらぎ」の例会帰りに、関和氏の奥さんを訪ねた。会の先輩だった関和氏が亡くなられてもうすぐ一年になる。夫人は八十歳を超えておられるが、長年の趣味のフラダンスに夢中なこと、関和氏の退職後は、二人でスポーツジムに通われた話を楽しげに話された。

「今は心から主人にありがとうって気持ちなんですよ」窓際の真紅のシクラメンがひときわ鮮やかで、夫人の笑顔のようだった。

「娘たちの世話にならないように毎日、新川を歩いているの。足を使わないとダメ。歩くのが一番よ」

帰り際の夫人の言葉が心に残った。

桐壺の源氏そのもので、何事も三日も続かない私だが翌日、小春日和と相成って新川散歩を決行。村上橋の駐車場に車をおき、上流を目指した。釣糸を垂れる人々より水鳥たちの方が多く、睦月の陽光は優しい。のんびり泳いでいるような水鳥達も、水面下ではどこかの夫婦みたいに必死で水掻きをしているのではと……。産み月は木々を芽吹かせ、百舌鳥が長いしっぽを揺らし、川沿いに続く桜たちは幹の中に紅色の水が流れているかのように染まって見えた。

汗をジンワリ背中に感じる。思考回路がどうでも良くなって来た。飲料水も持たずに来たことを後悔する。

付き人が言った「どの橋で戻ろう？」

「道の駅まで行きたい」

「遠過ぎだよ！」

名誉ある撤退、負けるが勝ちの付き人に「軟弱もの！」と檄を飛ばせば「初日から飛ばし過ぎだ」

言葉を発するといつもパラレル。水面下の水掻きが続く。石橋を叩いても渡らない人と、叩く前に渡る人が城橋までやっとたどりついた。橋を渡って来られたご夫婦に「道の駅はだいぶ先ですか」と尋ねると

「かなりありますよ」

「ほらね、帰りはタクシーだよ」付き人が宣った。

城橋を渡り、新川の右岸を、疲れた足と心を引き摺りながらも歩くしかない。この辺りの桜は市民の寄付の植樹のようで、寄贈者名があったり、桜の成長もまちまちだった。添え木だけで枯れてしまったのも見られる。

それは本当に偶然の出逢いだった。私の背丈くらいの桜が目に入った。寄贈者名のプレートは風雪で欠けていたが「八千代の四季文集とせせらぎ随筆の発刊　渡部邦子・平成十四年三月十七日植樹」と読めた。

「せせらぎ」の大先輩のようである。桜は貧相だったが新芽がついている。下草も伸び放題。桜と名板を写メに収めた。

最近、偶然の出来事が重なる。それは偶然ではなく全て、必然なのではないかと思い始めている。

携帯の画面が正午だと教えてくれた。睦月の太陽は哲学者のようにジッと見つめている青鷺の真上にあった。

再び歩き始めながら「せせらぎ」のご縁であの桜を育てようと決心した。

せせらぎ桜（続）

渡部邦子さんは、昭和六十三年「せせらぎ」の随筆集が創刊された当時から作品を発表されている。会員の方に借りた平成十九年までの二十冊の先輩がたの『せせらぎ』を拝読してわかった。東京の三田生まれで「若い女性」と言うラジオ番組のアシスタントをされていて、林芙美子や文壇の人々とスタジオで出会った華やかな時代の一篇が、眩しかった。随筆からはお嬢さんがお一人なのか、お嬢さんとアメリカの旅を計画中、がんが再発された随筆が十二号（平成十一年）に書かれてあった。アメリカ旅行を強行し、翌年には友達とイタリア旅行に行かれた話「遥かなる国への憧れ」でわかる。同年、「変わりゆくふるさとの街」そして「闘病記（平成十二年九月）」が絶筆である。翌年のあとがきで当時の会長佐藤氏は、渡部さんが亡くなられたことを記されていた。桜を植樹された名板には平成十四年三月十七日とある。御家族が「八千代の四季文集とせせらぎ随筆の発刊」と邦子さんの意志を受けて植樹されたように思われた。個人情報云々のない時代、文集の最後には会員名簿が掲載されていたので、渡部さん宅に電話を入れたが、他の人だった。千本桜の管理、八千代市公園緑地課に問い合わせたが、時代は変わって個人情報の壁にぶつかり、勝手に育てて良いとだけの答えが来た。渡部さんが亡くなったと書かれた佐藤会長も、講師の方も会員のほとんどはご高齢で鬼籍に入られていた。

「突然の電話で申し訳ありません。せせらぎ随筆の会の後輩、田巻と申しますが」

私の唐突なる電話にご家族は、受話器の向こうで時間をまさぐられているのを感じた。随筆に心魂かたむけられた亡き人の当時に戻られ、懐かしさ溢れんばかりに話して下さった。最後にどのご家族の方もこう言われた。

「渡部さんが後輩の貴女に桜を育てて欲しいと願い、お話出来たのも彼女が引き合わせてくれたんですよ」

切なく優しい時間だった。しかし渡部さんのご家族の連絡先までには至らなかった。

二月三日晴れ、道の駅に車をおき桜の肥料、スコップやらを持って付き人と桜の手入れに行った。下草が、か細い幹の半分近くを覆っている。枝も何本か折れていた。下草を根切りスコップで掘り下げると、小さな冬眠中のカタツムリが大量に出てきた。

「年々歳々花相似たり歳々年々人同じからず」

渡部さんの人生の中で、随筆を書くと言う時間と、「せせらぎ」に所属されていた空間が、いかに大切で喜びであったかを再確認した。桜の種類は「陽光桜」、開花を現在の、せせらぎメンバー十三人で愛でたいものである。

論争

エッセイの会の仲間から、日経新聞のコラム「春秋」の切り抜きを頂いた。子規の俳句「鶏頭の十四五本もありぬべし」これは駄作か秀作か、近年に至っても鶏頭論争が続いているようだ。

三十年くらい昔、芸術至上何とか会に所属している知人に、誘いを受けた。小岩駅近くの会場で、芸術や文学に造詣が深そうな方たちの集まりだった。川端康成の『雪国』をめぐって「ああじゃない、こうじゃない」解答のない論争が延々と続く。ふいに「初参加の田巻さんはどう解釈されますか？」と振られた。参加者のメンバーをハンサムの順、美人の順に考えていた最中だったので焦って応えた。「あの世の川端に聞くしか解らないのでは」

以後、知人からのお誘いは勿論なく、私も無為な時間を費やすことを止めた。

『春秋』の筆者も「真実は、大騒動を泉下で眺めてきた子規に聞いてみないとわからない」と書かれている。

一旦、外に出た文章はラブレターから俳句、短歌、詩歌、小説……筆者から離れ一人歩きをするものである。

作者が生存中なら、本意を確かめられるが、光ファイバーもまだあの世へは届いていない。

もう一つ思い出した。中学時代の国語のテストで
「葛の花　踏みしだかれて、色あたらし。この山道を行きし人あり」

と言う折口信夫（釈迢空）の歌の解釈が出た。私の解答は三重丸だった。

「踏んだのは人なのだろうか？　熊ならば、こんな歌を作っている場合ではない」

好きな先生ではなかったが、三重丸が、現在の私の性格に繋がっているように思うのは考え過ぎだろうか。色々な発想があって良いのだ。翼が見えた。

芸術上の解釈をめぐっての論争は、平和な遊びではと浅学なる私は思う。自分の手から離れた作品は、誤解、深読み、色々な翼がつけられ飛び出すことを、作者は覚悟しなければならない。翼があの世まで飛んで行けば、呵々大笑やら、悲憤慷慨、泉下でも賑やかな論争が始まるに違いない。

さてパンドラの箱とよんでるパソコンをひらく。「葛の花」を検索した。折口信夫が同性愛者で、唯一の女弟子の穂積生萩は、恩師の短歌の解釈をこう書いている。

「葛はどこでもはびこる、強い、つる草で花は赤紫。乙女の処女を失った際の鮮血とか、初潮の連想歌に違いなく赤紫の血の滲み出た道に葛の花が倒れている。その花を踏んでいった男のあとを迢空は歩く。山道を先に歩いていった人は男である」

いやはやびっくりポンである。

蕗味噌

蕗味噌の蕗は炒めず擂り鉢で春はさみどりしっかり苦い

今夏も酷暑だった。酷暑の中でも一番暑い日の、一番暑い時間に、小野さんが回覧板を持って来られた。小野さんは八十歳で春から町内の組長をされている。

「これから病院に行きますが、組長を代わって頂けませんか。奥さんと会えるのは今日が最後です。色々、お世話になりました」

一気に喋られて回覧板やノートを手渡された。

「胆石が悪化されたのですか」

「胆石だけではなく胃ガンが五年前に再発して妻の病院と抗がん剤治療に通っていましたがいよいよ駄目みたいですわ。五月から食べ物が入らんで。そういうわけで奥さんにはお世話になりました。では予約してある病院に行きます」

「病院まで送らせてください。娘さんに連絡しますね」

「いや娘には心配かけるから私からします。タクシーは駅にあるから大丈夫」

「大丈夫であるわけないです。こんな暑い時間に駅まで歩くなんて」

涙がこぼれてきた。押し問答の末にやっと駅まで送らせてもらった。スポーツ万能だった奥さんが脳溢血で倒れられ長期入院中である。海外や国内単身赴任が多かった小野さんは独り暮らしには慣れていると話された。一軒隣の小野さん宅から我が家までの裏の空き地の草刈りをいつもしてくださった。痩せた下着姿にチェーンソーが肩に食い込み、父の晩年の姿と重なった。裏に柚子や蕗や水仙をいっぱい育てられ私にたっぷりくださる。小野さんに誉められたくて柚子や蕗料理に精を出した。

「蕗味噌と酒が何といっても一番ですなあ」

顔を綻ばせられたあの日。

娘さんからの電話であの暑い日から四日目に小野さんは逝かれた。何年もお酒は飲めなかったこと、二階へ上がる力がなかったことを娘さんから伺った。しかしあの日の前日まで洗濯物は二階に干してあり、少し前には垣根の山茶花を剪定されていた小野さん。冷凍庫の去年頂いた柚子で作ったジャムを解凍した。毅然とした小野さんの香りが広がった。

わらしべ長者

とりどりの落ち葉の便り掃き集め裏の林へ返す小春日

我が家の前の道路は、袋小路なので静かである。実家に帰られた家も多く、大晦日は、普段より静まりかえっている。今日が明日になるだけなのに、夫は硝子ふきを始めた。私はいつものように、向こう三軒両隣の落ち葉掃きに着手した。色とりどりだった落ち葉は、すっかり枯れ葉になり、アスファルトの上で所在なげである。錦繍《きんしゅう》を愛でた人間は、落ち葉になれば厄介者扱いをする。道が土だった昔、落ち葉で滑るなんて言われなかった。新芽を寒さから被い、土に還って肥料になることも出来ず、枯れ葉はさ迷うばかりである。

お向かいには嫁がれた娘夫婦が帰って来られたようだ。正月は家族が集まる祝い日である。父が亡くなって以来、子供がいない我々は夫婦だけの正月になった。ホテルで迎える正月にも飽きた。十二月に入り血圧が上昇、医師から降下剤を処方されたが、不安定極まりない。今年は静かに家で過ごすことにした。

お餅は毎年、卒業生のご実家から、つきたて餅が送られて来る、義兄より京のお節瓶詰めセット、叔母より数の子、恩師より海苔、友よりご主人が打った晦日蕎麦、知人より枯《こ》露《ろ》柿、蜜柑、林檎、和菓子……。隣家からは実家へ帰るから手伝ってくださいとふぐ鍋やらお歳暮のお福分けがどっさり来た。正月三が日、いや一週間は籠城できそうである。ふと、わらしべ長者の話を思いだした。あの話は『ご縁を大切にしたら良い』と言う、自分なりの解釈をしている。夏から秋に八千代特産の梨を心優しい人々に送った。その地の香りがする好物が、どっさりお返しとして送られて来た。食べきれないので向こう三軒両隣にお福分けさせて貰う。お福分けした方がまた、お福分けを下さる。九州の友達が言ってたっけ。

「貴女は友達貯金が人一倍多いから、いつでも困ったら、たんと、おろしや」

落ち葉掃除をしていると、汗ばむくらい暖かな大晦日だ。

心まで、ポカポカして来た。枯れ葉を裏の林の土に還す。わらしべ長者の正月準備完了。

リタイア第一歩

病い多き我を背負いし夫の眼はグレコの描くイエスにも似て

故障しながらも頑張ってくれていた心臓が突然暴れだした。普段、五十そこそこの脈拍が百二十になり、救急車に初めて患者として乗った。二日後、心房細動と診断された。つい最近、サッカー練習中に急死した若い選手と同じではないかと動転した。心室は死に至る率が高いが、心房の方は薬で普通の生活をしている人も多いと聞き、ひとまず安心。クスリはリスクではあるが、この年齢になると、大歓迎である。しかし三十年前、先天性心臓手術を受けている私には、弁の開閉のズレやら血液の逆流、ひん脈、不整脈と……。手術はなかなか難しいらしく、夫はインターネットで、私は友人達の情報を集め、命をかけられる病院探しが始まった。

夫と共に定年より少し早くリタイアした三月は、日本の歴史上最悪な天災と人災のダブルパンチの月であった。照明の下で食事を楽しむことも、入浴することも罪悪感を覚えた。

四月早々、夫が庭石を踏み外し骨折。仕事から解放された喜びを味わったのは、友達夫婦と久しぶりに二週間アメリカドライヴ旅行を満喫した、七月末であった。

九月からボランティアや趣味、ハローワーク通い、友達との食事会、故郷である京都をゆっくり楽しもうと予定していたすべてがリセット。

十月、夫が甲状腺腫瘍でひっかかり経過観察の身となる。十一月、心房粗動治療のカテーテルアブレーションをやっと受けた。元来、検査が嫌いで逃げ続けていたのに、胃カメラの何倍かの管を飲まされる食道エコーには参った。出産を含めて試練から逃げてきた人生……。恋と同じかも知れない。逃げれば病や試練に追いかけられ、つかまってしまう。術後も不調。頭も足元もふらつき、下腹部の痛みは緩和されない。不満を言いに病院へ行く。

「カテーテルアブレーション手術は成功したがＣＴ検査で胸腺腫瘍が診られるから、すぐに胸部外科に行くよう」主治医に言われた。頭が真っ白になり心は真っ暗になった。専属ナースである夫の腕を借り病院を後にした。六本木ヒルズが病院の窓いっぱいに広がり、眼下にはけやき坂通りのクリスマスイルミネーションが、輝いていた。

試練多き聖書の中のヨブのように天を仰ぐと吸い込まれそうな青空。足元がふらつき、めまいを覚えた。蜂蜜がついているわけでもないのに泣きっ面に蜂が次々来る。至る所にある青山《せいざん》を見上げると再び脈拍が早くなりそうである。リタイア第一歩は足元が揺らぎすぎて、涙にかすんで歩き出す道が視えない。

黄金の稲穂① 古田昭一先生

「貴女で診察が終わりだからお茶にいきましょう。その後で墓参りに行ってくれますか」

三十三歳の時に先天性心疾患の手術を受けた。六本木にある心臓専門病院に半年に一回、術後の検査に通院していた。執刀医だった古田先生は、世界的に有名な外科医で当時、この病院に勤務されていた。何万人の心臓疾患の患者を救われたが、六十歳で奥様をガンで亡くされた。何万人の患者の一人の私と先生は、何回かお茶を飲み、食事もした。

術後、何年かして検査スタッフが「心臓から少し血液が漏れてますね」と呟いたことが気になり、ショックで先生に手紙を書いたことがある。「最近の精密機器は緻密すぎてね。自信が持てるように、ご主人も一緒にスキーに行きましょう」と言われた。びっくりした。

万座プリンスホテルには先生の部屋があり、スキー一式が置かれていた。さすがに緊張とベタ雪で転んでばかりいた。

「これだけ転んでも起き上がれたから心臓は大丈夫だよ」

テレビに出演されている先生でもなく、診察室の先生でもなかった。馴染みの駅前の食堂の漬物を美味しそうに頬張りながら、そう言って微笑まれた。

市ヶ谷のマンションに一度だけ、シチューを手土産に夫と伺ったことがある。広々としたリビングルームに描きかけた絵がキャンバスに置かれてあった。個展を度々されている芸術家でもある。

「ケテルスより美味しいシチューだねえ。食べものを考えるのが面倒で、消しゴムのパンをかじったりしてね。頂きものの酒もワインも開けないうちに、酸っぱくなっていますよ」

台所の一つの扉を開けると貯蔵庫みたいにお酒類が詰まっていた。

「マンションの地下はプールでね。ぼくしか泳ぐ人がいないからいつでも、いらっしゃい」

東大医学部時代、水球部キャプテンだった先生は帰り際にこう言われた。広々としたマンションの中は、何もかもが寂しげに見えた。

「先生は命の恩人ですから、先生が病気になったらおしもの世話もします」

「頼みますよ」

先生は私に連絡して下さらないまま、七十八歳で亡くなられた。

「先生、私が美人なら噂にもなりますが、美人でなかったから噂にもなりませんね」

「そのようだね」

青山の、先生と奥様が眠る墓地の後方には、大きな慰霊塔がある。家族に返せなかった患者さんのために先生が建立された。涙が溢れた。奥様と慰霊塔へのお花を、先生と選んだあの初夏の昼下がりを思い出す。

どんな人も、哀しみを深く秘めて、人生の孤独と戦っているのだと痛感した。

亡き母が言っていた。「貴女は天皇陛下とも対等に話せる抜けたところがある」と。抜けていて良かった。美人でなくて良かった。黄金の稲穂のような人と出逢い、長い交情の賜物で生きて来られた。

黄金の稲穂② 空飛ぶおたまちゃん

カザンザキス『キリスト最後のこころみ』を翻訳して世に出された時、おたまちゃんは古稀だった。『良寛、大愚』の英訳は米寿の年に二刷となり、三刷は何と白寿近くで出版記念パーティに呼ばれ、スピーチをした思い出がある。カザンザキスの続編『ふたたび十字架につけられるキリスト』を翻訳されたのは卒寿である。

おたまちゃんこと児玉操先生は、中学二年時の英語教師である。リタイアされてから、鉄腕アトムのように縦横無尽に空を飛び回られた。

「あんたの妹は全校トップの賢い生徒やったなぁー。姉は勉強嫌いやったけど一番の私の子分や」

アホな姉の方を可愛いがってくれ、上洛する度、おたまちゃんと何回かお泊まり会をした。

「親分、もう寝ましょう」

「これからがええ話やし、寝たらアカン」

人生や良寛さんの話、恋の話、郷隼人を救いたい話、楽しい会話が夜の闇を押しやった。

「親分の頼みでも、殺人犯の恩赦嘆願書には署名しません」「可愛くない子分やけどしあない。万が一、恩赦になったらあんたの家の裏の貝殻亭のシェフに雇うように頼んで、あんたの家においてな」

「殺人犯を我が家に？」

「イチローに似た子分好みのタイプや。電信柱にも岩崎さんにもよろしくな」

電信柱は夫をさし、岩崎さんはフレンチレストラン貝殻亭の社長である。

郷隼人は、サンフランシスコ刑務所から、朝日歌壇に投稿している歌人である。新聞に彼のエッセイが連載され単行本にもなっている。アメリカ人の妻を殺した第一級殺人で終身刑。親分は彼のエッセイや短歌を英訳し、鹿児島で待つ老いた母に一目逢わせたく、嘆願書の署名集めに専念していた。十二月になると、メルヘンのような彼女の部屋は、アメリカの刑務所の殺人犯たちからの、クリスマスカードで溢れる。日本のビッググランマなのだろう。

カザンザキスを読んだファンに、彼女は恋をしたこともあった。三十は年下のファンを高校生みたいに恋していた。

「ちょっと勘違いしんといてや。エロスの愛と違ってアガペです」と九十歳の親分は宣われた。

宝ヶ池プリンスホテルの窓は大きく、緑が滴っていた。

東山魁夷の絵画を見ているような贅沢な部屋だった。空飛ぶ親分とアホな子分は、素晴らしい時間を共有していた。親分はあの夜も一番に風呂に入られた。バスタブから「助けて〜」と絶叫が聞こえた。大きなバスタブから上がれなく、私は裸になり親分を引きずりだした。あの夜以来、お泊まり会に誘われることがなくなった。

百歳になられた春に、ハワイ島で暮らすことにすると手紙が来た。

「ハワイの若者は皆、紳士で、高齢者に敬意を払ってくれてなぁー。町長になってくれとか言われて天国やわ」

ハワイ島の親分から電話が来た。トランジットが面倒だったが、親分を驚かせに飛んだ。レンタカーで何とかたどり着きドアをノックした。

「電信柱とセミが来たか。来ると思ってた。文句ばかり言ってるけどが電信柱がないとセミはとまれへんのやから大事にしーや」

セミは私のことである。そういえばハワイ島の電信柱は昔ながらの木だった。


田巻幸生子分どのへ、児玉の親分より、の書簡が沢山出てきた。

「郵便配達人はヤクザ同士と思ったはるなあ」

コロコロした笑い声が懐かしい。

親分は二年前に百二歳で空の彼方に飛んで行かれた。

黄金の稲穂 ③ 三千円のクリスマスツリー

なぜ、あの病院の名誉院長が私の主治医だったのだろうか。御茶ノ水にある病院の名誉院長、黒沢先生に逢いたくて病気になるのが楽しみだった。当時、既に先生は八十歳を超えておられた。聴診器を手で温めてから、丹念に全身を診て下さる。慈父のような温かい両手で、私の手を包み「大丈夫」と微笑んで下さる。いつも、柔らかな時間が診察室に流れていた。「大丈夫」を聴くと、私は生きていることを実感できて安心した。

東京日立病院を退かれ、水戸に居を構えられてからも現役の医者だった。

「遊びにいらっしゃい」

先生の何度かのお誘いに甘えた。枯山水の広大な庭のある豪邸に、先生は一人で暮らされていた。リビングの壁一面のガラスの飾り棚には、古伊万里や九谷焼の美術品が、それぞれダウンライトの影を落としていた。美術品に囲まれて、小さなクリスマスツリーが、恥ずかしげに灯りを受けているのを見つけた。何年か前に、私がデパートから送ったものだった。

「父が田巻さんからのツリーを気に入りましてね」

駅まで迎えに来て下さった娘さんが、微笑まれた。

心に一斉にイルミネーションが点灯した。

何年か後、先生のご家族から『白寿の会』のご招待を受けた。お祝いをどのくらい包むのか、何を着て行くのか途方にくれた。花屋に五千円のブーケを手配して、紅型染めの着物を来て水戸のホテルへ向かった。ホテルは何百人の招待客で貸し切られ、絢爛豪華な花の中を、紋のついた訪問着とモーニングが行き交っていた。美術品に囲まれていたあのクリスマスツリーのように、私は立ちすくんでしまった。

帰宅したら内祝いが届いていた。ヘレンドのウォールクロックだった。御茶ノ水の病院に通っていた時代、診察の後で神田明神に必ず寄った。

「私の命の五年を先生に上げて下さい」と祈ったせいか、先生は百四歳まで長生きされた。我が家のリビングの壁に、今も、ヘレンドの時計が時と命を刻んでくれている。

事もなげに

今年は寒さが早々と来た。自分が年老いたせいで感じるのか、ざわざわ寒い。昨日は半日、大雨だった。傘を庭に開いてから遅い朝食をしていると、小庭には初冬の光がたっぷり溢れていた。薔薇の実の下枝で、メジロが肩を寄せあって羽繕いをしている。まだ僅かしか咲いていない山茶花の蜜を、吸いに来たようだ。鈴を振るような鳴き声が、柔らかな光に溶ける。忙しそうに飛び回っているのは四十雀。向日葵の種を餌台からくわえると、モッコウバラの茂みでコンコンと種を割っている。野山に木の実が無くなると、我が家の餌台は賑やかになり冬が来たことを知る。野鳥を見ていると、こちらまで柔らかな冬の光に心がくるまれる。

今年はついていない年だった。五月末に急に半月板を損傷してからは老いの坂を転がるような思いである。商店街の通行人は高齢化し、ビッコタッコ歩きの私もその一人になった。半年たっても痛みが続き、他の整形外科に行くと「手術しかありませんね」と事もなげに若い医師は言う。
親知らずからの出血も一年半以上続き、若い女医は「抜歯三本して入れ歯にするほかないですね」と、やはり事もなげに言った。人生で六回手術をして、これ以上、何もされたくないのに多分、死ぬまで試練が続くのだろう。先天性心臓病で生まれ、病にたっぷり好かれた私が、来年は古稀になるなんて感動的である。子供も孫もいないが、立派な婆さんになった。

死にに来たこの世なれども朝が来て十七枚の雨戸を開ける

太陽と死は直視できないと言うが、直視せずともはっきりと見えている死と、どう対峙して生きなければならないのだろうか。

ハイハイからバイバイまでの人生を忘れたふりして花殻を摘む

母を五年半看護して見送り、一人になった父を九年介護して見送ると次は私の番である。

「君のサンドバッグとしてしか僕は存在価値がない」

と言う家人にぶら下がり、苦しみ、哀しみ、憤り、理不尽をぶっつけて来た。

深井戸の底に漂う眉月のように揺らぎつここまで生きて

サンドバッグも古びた。「愛しているからね」と声に出してみた。「反動が怖いから」朝食の後片付けをしているサンドバッグは事もなげに言った。明日は老いに鞭打って、クリスマスの飾りつけでもしようかと、小鳥たちの羽繕いを見ながら決心した。

Ⅲ章　眺めのいい部屋

眺めのいい部屋

チュッチュッと呼べば霧立つ一群の茂み渡りて山雀《やまがら》の来る

アルノ河を望むホテル「ベルトリーニ」とは比べようもないが、我が家の北の窓からの眺めは天国である。二階への踊り場にある大きめのこの窓には今、欅の新緑が窓いっぱいに広がっている。木々の匂いのする風が真っ先に、新しい季節をこの窓に届けてくれる。先月初め、鶯の初音が耳に入り、窓を開けた。芽吹き始めた木々や茂みを縫って、今年も友達は来てくれた。四月、すっかり上手な鳴き声になった鶯は、目覚まし時計の役目をしてくれる。起こされる時刻が少し早すぎるのだが、友達だから許してしまう。四十雀やコゲラたちの木々を叩く音。ヤマガラは榎の若葉をブランコにし、大紫蝶の幼虫は欅の若葉で生きる。尾長は水色の羽を木々で休め、山鳩は枝を失敬しては、巣作りに余念がない。蝶々も蜂も春の光を縫いながら、蜜集めに忙しい。夕暮れになると、林からヒラヒラ舞い始めるのは、コウモリたちだ。やがて月光に引き寄せられる夜の小動物たちの天国に変わる。しかし来月十二日、眺めのいい窓から見える景色が一変する。林は伐根され十四軒の家が建つことになった。木々や花、小鳥たちを見ながらの幸せなバスタイムも、あの窓から外を見ることも出来なくなる。

『眺めのいい部屋』……映画の筋は忘れたがタイトルが気にいっている。フィレンツェのホテルから始まり、アルノ河が見える眺めのいい部屋の窓を開いたところで、映画が終わったように記憶している。

人口密度の多い日本で、庶民の住む家に眺めのいい部屋は少ない。「頭がおかしい人と思われるから」と夫から注意されるのだが、眺めのいい部屋から外を見るのが大好きなのだ。

イングランド西部の、海に近い村で、客が誰もいない城に泊まったことがある。ギシギシ軋む階段の両側の壁には、代々の城主の肖像画がかけてあった。目を合わすと、かすかに動いたかのような錯覚を覚えながら、部屋の鍵を開けた。四本柱が付いた天蓋のあるベッドに腰をおろすと、何十匹かの猫の鳴き声が、空から聞こえてきた。英国の宿にはWith Ghost（幽霊付）ホテルや城が多い。恐々、大きな窓を開くと、夕日を浴びながら孔雀の大群が、この館を目指して飛んでいるのだ。窓の下には地平線まで森が続き、途切れたところに高い尖塔を持つ教会が点在していた。それは、中世の絵画を見ているような、眺めの素晴らしい景色だった。眺めのいい部屋は、人生の至福の半分を味わえる気がするのだ。

林に自生するタラの芽を、今年を最後に、すべていただいた。浦島草の釣り糸が揺れている。木々の根元には、チゴユリが蕾を膨らませて寄り沿っている。すべて世は事もないくらい、幸せに満ちた、眺めのいい風景だった。しかし、万物の霊長類には敵わない。近い未来、万物の霊長類のための植物だけが植えられ、万物の霊長類が食べるだけの飼育された動物と、万物の霊長類が愛玩する動物たちだけが、存在する日がくるかもしれない。鳥や虫たちが飛ばなくなった空を、悲しいと感じる人間は、その頃いるだろうか。やがて林に、チェインソーの雨が降るだろう。小動物たちや、チゴユリの悲鳴を、誰も聞こうとはしない。

「書物が焼かれるところでは、ついに人間も焼き払われる」ハイネの言葉が、青嵐の中から聞こえた。

死は生を育み今朝はハムエッグいただきますと豚と鳥食う

妖精の棲む国 ①

革命の血は洗われて石畳ケルトハープに人が群がる

コーブと言う、入江が深く切れ込んでいる港町に着いたのは、旅にもアイルランドにも少し馴れた、三日目の昼だった。予備知識も、旅行計画もほとんどせずに出かけるのは、我々夫婦のいい加減な性格故である。もっとも私は病にモテモテなので、人生なんて計画通りにいかないこと、デカタンスに生きるしかないと、開き直っているからだ。アイルランドは年間を通して雨が多い国であることと、有料道路が何ヵ所かにあることを、出発間際に知った。雨具を増やし、有料道路を避けなければと、ダブリンから時計回りに行けるだけ行こうと決めた。出産経験はないが案ずるより産むが易し。ダブリン空港に到着以来、雨具の世話にはならず、この日は雲一つない最高の青空だった。去年の春、ツアーに参加したポルトガル十日間の旅は、雨ばかりだった。帰国する日に太陽が顔をだし、眩し過ぎて恨んだ。旅先での雨は、気分を半分以下にさせる。

コーブと言う町の名前は英語で入江を意味する。アイルランドの南端、大西洋の玄関口である。

海辺から真っ直ぐ延びる急な斜面に、カラフルな建物が建ち並んでいる。ダークグリーンの隣はサーモンピンク、グレイ、レモンイエローと同じ色の建物は一軒もないのに、調和が取れているのだ。それらの建物と海を睥睨するように、完成するまでに半世紀を要したと言う聖コルマン大聖堂が、羽を拡げたコンドルのように聳えたっていた。

太陽を浴びた明るいカラフルなこの町の歴史は暗い。エメラルドグリーンの海と空、緑深い森、妖精が今も棲むと言うこの国全体の歴史は、ケルトの笛の音のように美しく哀しい。

一八四五年から四八年にかけて、島全土を大飢饉が襲い、百万人以上の命を奪った。大凶作による貧困と、イギリスの圧政からの脱出のために、コーブ港から二百五十万人が新天地に向かった。移民達を乗せた小舟は棺桶船と呼ばれ、五分の一の人々が、海の藻屑と消えたそうである。新天地を求めた親子の像を岸壁で見た。ぼろ服を着た少年と少女は、片手を海に向かって指を指し、片手は母親の手に曳かれ、悲しげな笑い顔の像だった。海岸から、少し坂を登った中央広場には、第一次世界大戦中にこの沖で、ドイツ軍に撃沈されたルシタニア号の遭難者慰霊の像が、花に囲まれて海を見ていた。大西洋航路の中継港でもあったコーブは、処女航海で沈没したタイタニック号の最終寄港地でもあった。一九一二年、四月、前日、サウサンプトンを出航したタイタニック号は翌日、コーブに寄港した。入江なので大型船は接岸できないのでコーブ沖に停泊。連絡ボートで乗客を運んだようである。観光客で賑わっている岸壁では同じ体験をするボートツアーの乗客が長く列をなしていた。野次馬的な企画に興ざめしながら、この港町を後にした。海に反射した太陽はまだ天空の真ん中にあった。眩しいくらいの五月十七日だった。

翌日は大雨になりアイルランドらしい雨の日が続いた。二日後に我々が借りたレンタカーが、タイタニック状態になるよしも知らなかった。

池田あきこ著『英国とアイルランドの田舎へ行こう』を帰国してから読んだ。「妖精のいそうな場所には雨が降る」「運の良い日の次は必ず悪い日になる」彼女のジンクス通りの始まりの日だった。

妖精の棲む国②

　ダブリンから時計回りにレンタカーを走らせた旅も、半分にさしかかった。アイルランドの南西部、ケリー半島を車で走っていた時に、レプラホーンクロッシングという道路標識に出会った。妖精の横断歩道である。司馬遼太郎の『街道を行く（愛蘭土紀行）』にも、この標識のことが書いてあるそうだ。

　三千年前の先住民達の巨石文明、ストーンサークル、立石メンヒル、巨大墳墓ドルメンが、島のそこかしこに点在している。それは麦畑や菜の花畑の中、羊の糞だらけの牧草地、海を見下ろす丘、荒涼たる高原に立っていた。太陽を崇拝し宇宙との共生、自然崇拝、輪廻思想を持つ古代文明は巨石墳墓や、あるいはケルト独特のハイクロスとよばれている十字架に、渦巻き模様や円環となり現れていた。妖精は精霊であり、今でも巨石の下や、緑滴る森や、ロッホと呼ばれる湖に隠れ住んでいるようだ。妖精たちは古代信仰の生き残りなのである。金持ちの妖精レプラホーンを捕まえたら、大金持ち持ちになるそうだ。飲んだくれ妖精クルラホーン、災いをもたらすデュラハン、泣き虫妖精バンシー。アイルランドの妖精たちは一筋縄ではいかないようだ。

旅の六日目、我々はバレン高原に向かった。バレンとはゲール語で「石の多い場所」を意味するそうだ。地平線まで灰色の石灰石が、パッチワークの一パターン、パフのように連なっていた。その日は空まで灰色で、異次元の灰色の星に来たかのような風景だった。その荒涼とした高原の中に、巨人のテーブルと言われる巨石が忽然と立っていた。五月二十日、灰色のパフの縫い目には、氷河期の置き土産と言われる花が、あちこちに顔を覗かせていた。この草花は、氷河期時代に移動した氷によって運ばれてきた種子が、芽吹いたそうである。遺跡や化石が空へと繋がる稀有壮大な空間は、霊気が漂っているようにも思えた。巨人のテーブルの地下に棲むと言う妖精に「イタズラしないでね」と頼んだ時、灰色の空から灰色の大地に稲妻が走った。慌てて車に戻り、フロントガラス越しに稲妻を意識しながら灰色カーペットの切れ目のような道を北進した。

海に出た時には二時になっていた。空腹感を覚えて海沿いに一軒しかないシーフードパブ&レストラン、「モンクス」に入った。ランチ時間は過ぎていたのに地元客で賑わっている洒落た店だった。料理の選択も間違いなく美味しかった。車でニュートン城に向かいながらレシートを何気なくみた。我々が食べた料金より、かなり安い金額が明示されていた。賑わっていたレストランだったから他の客と間違ったのかも知れない。戻るには遠くに走り過ぎた。何しろアイルランドの狭い田舎道の制限速度は百キロなのだ。空から雨が落ちて来た。レストランの選択はグッドだったし、勘定も儲かったと我々は降りだした雨など気にならないくらい満足感にひたっていた。

雨は激しくなり、道路は瞬間的に水溜まりが出来た。二ヶ所の水溜まりを夫は速度を少し緩めて越えた。三つ目の水溜まりに差し掛かった。「深そうだから行かないで」と頼んだと同時に車は川のような道の真ん中でエンジンがストップした。鉄砲水のように一瞬のうちに水が車を包んだ。ドアを開けたら車内に水が川のように流れこんで来た。水圧でドアは完全には閉まらず水は膝まで届いた。タイタニック状態の中、「脱出しよう」と言う私に夫は「しばらく様子を見よう」と平然と宣った。私は靴と靴下を脱ぎ、ジャンパーの上にレインコートを重ね着した。持てるだけの手荷物を持ち、夫を無視して車外に出た。道は川のようだった。濁流の中を私はリュックに靴を入れて、とにかく、川から脱出しようと歩いた。

妖精のいそうな場所に大雨が降った。レストランで料金を間違えて儲かったなんて……。運の良いことの次には本当に最悪のことが起きるもんだ。

巨人のテーブルの地下にいる妖精は、災いをもたらすと言う、デュラハンの棲みかに違いない。

Leprechaun
crossing

妖精の棲む国③

アイルランドの旗は緑、白、橙色の三色である。緑は、全人口の八十四%を占めるカトリック教徒を意味し、橙色はプロテスタント教徒。真ん中の白は両者の調和、友愛を表している。それは悲壮な願いに他ならない。十二世紀から続く大英帝国の支配が、南北の分離と言う形で今も存在しているからだ。北海道くらいのこの国の北東、五分の一が北アイルランドとして、イギリスの支配下におかれている。デリーと言う町ではプロテスタント居住区は青、白、赤、カトリック居住区は緑、白、橙と道路上に色彩で区別されていると聞いた。対立の根深さが伺われる。

今回、北アイルランドに行く時間と余裕は無かった。レンタカー水没事件は、肉体と精神を萎えさせた。

物見遊山で旅を楽しめなくなったのは、年を重ねたせいかも知れない。黄金まばゆい大聖堂は、美しいと感じるより略奪の歴史を垣間見、天空を刺す教会の尖塔は、権威の象徴のような宗教の尊大さに、嫌悪感を覚えるのだ。だから、五十代から自然志向の旅になった。人の手がつかない自然は、常に感動と畏敬の念を覚えた。えもいわれぬ癒しを甘受するが、考えもつかない危険をも孕んでいた。「石だらけ」と言う意味のバレン高原は雨水を受ける土が殆どなかったのだ。だから瞬時に狭い道が川になったのかも知れない。

沢山の心優しい人の手によって、我々は自然の猛威から助けられたのだった。この日に起きた水害は、六十年ぶりだったことを、助けてくれたオランダ人家族から送られて来た新聞で知った。水の中でエンジンストップしたレンタカー、ルノーの写真もメールに添付してあった。我々の車の後続車で、スイス在住のオランダ人家族。びしょ濡れの我々を、後部シートが濡れるにも拘わらず、車に招いてくれた。我々を励まし、英語がプアな我々に代わって大雨の中、地元民へ車や我々の救出方法を掛け合ってくれた。アイルランドの五月の雨は寒かった。フード付きの赤いジャンパーを着ていたちびの私を、子供と間違えたのかチョコレートやキャンディを勧めては、何回もハグしてくれた。スイスに住むというオランダ人親子は、二階と一階で話しているくらい背の高い人たちだった。

裸足の私に大雨の中、車から降りて自分の靴を履くようにと、差し出してくれた若者。ピアスをいくつも耳に光らせていた若者の大きな靴は、私の心と身体を温めてくれた。

遠い村から、トラクターを運転して助けに来てくれたブライアン君。彼はレンタカー会社に被害状況を説明してくれ、水没したルノーは、知らない地元民三台の車で隣村まで運ばれていた。ブライアンはそこまで我々を大雨の中、送ってくれた。寒くないかと車内温度を気づかい、困っている人を助けるのは当たり前で、誇りでもあるから気にしなくて良いと、サンキューしか言えない我々に何度も素敵な笑顔で応えてくれた。人は人によって傷つき、人によって助けられるものである。見知らぬ空港まで、レンタカー会社の車で、死んだようなルノーと我々は牽引された。

トランク内で水浸しになった二つのスーツケースを引きずって、空港ホテルにチェックインしたのは九時を過ぎていた。まだ空は夜の帳が降りてない。朝までずぶ濡れの衣類や土産を乾かし、アイロンがけしたけど埒はあかなかった。

泣き虫妖精バンシーみたいに、涙が溢れそうな悲しい日だった。「お腹が空いたね」と宣ったリカバリーの速すぎる夫に失望し、本当に泣きたくなるくらい悲しい夜だった。こうやって私はいつも夫を非難し続け、反省期間も申し訳なさも、すぐにリカバリーしてしまう夫を赦せなかった。

不協和音のような雨音に包まれた。

翌日は、もっと泣きたくなるような大雨だった。

妖精の棲む国④

ダブリンのリフィ川沿いカフェテラスチーズケーキの程よい甘さ

日本は、海と言う天然の要塞に囲まれているとは言え、他国からの侵略や支配下におかれていない歴史は、奇跡としか言い様がない。仮想桃源郷を当たり前と暮らしている我々。神風が常に守ってくれたのだろうか？　十三世紀、蒙古襲来。元寇の役。対馬、壱岐の島民は殆ど惨殺され残った人口は僅か二桁。ヨーロッパ、ユーラシア大陸、中国、朝鮮半島を支配下においたモンゴル帝国率いる軍隊は三万人。迎え打つ我が軍は一万人だったそうだ。

台風、地震、津波と言う自然災害の大海原に浮かぶ小舟のようなジパングの乗組員は、今や約一億二千七十二万人。犇めきあうぐらいでは済まされない。難破もせず、タイタニックのように沈没も侵略からも免れて来たことが、アイルランドを知れば知るほど奇跡としか思えないのだ。

北海道の面積とほぼ等しいアイルランドの人口は約四百五十万人。北海道は五百四十万人。十八世紀には八百万以上いた人々は経済的貧困、被支配下における政治や宗教的弾圧から逃れるために亡命、移民、難民として海外へ渡った。今、故郷を離れたアイリッシュの子孫は八千万人。この内の四千五百万がアメリカで暮らしていると言う。

アイルランドは、アイリッシュ海を隔ててグレートブリテンと対峙しているが、日本と同じように海と言う要塞に囲まれている。古代アイルランドはラテン語で「ヒベルニア」冬の地と呼ばれ、紀元前、カエサル（シーザー）はガリア（ヨーロッパ中西部）地方、ブリテンを征服したが、その先の小国には統治する価値がないと、兵を引き揚げさせたそうだ。ローマ帝国の支配を受けない独自のケルト文化を育み、古代宗教と五世紀に伝来されたキリスト教をも融合させ、ノルマン人の襲来さえ平和的共存という民族同化へと導いた国。しかし、十二世紀、大英帝国の侵略は、この小国から文化、宗教、言語を奪った。殺戮と破壊と言う暴力的支配のもとで、悲惨な抑圧の歴史の幕開けとなった。妖精が棲むと言うエメラルドグリーンの国は、古代遺跡と、侵略者たちによる徹底的に破壊され廃墟となったおびただしい城や修道院が、朽ち果てたまま自然の一部のように溶け込んでい

た。有機物が無機物に転じたのか、あるいは無機物が木々や苔と同化して有機物になったのか、古代アイリッシュハープの音色のように、人の根源を揺さぶる美しく悲しい風景であった。国境は常に動き、列強の都合で国は消滅し、浮上する現実は今も続いている。

「人が歴史から学んだ最大の教訓は、人は決して歴史から学ばないことだ」

ヘーゲルが言ってたっけ……。

高校図書館の司書をしていた頃、大学入試のための小論文添削をボランティアでしていた。ある女生徒の小論にこう書いてあった

「日本はアメリカに支配されていたら良かった。英語が上手くなれたしカッコいい国になったのに」

彼女は第一志望の大学に合格した。アイルランド人が大国の暴力的支配に抵抗して、自由と独立を得るために八百年の歳月が流れた。いや、まだ完全な独立とは言えない。前進と後退を繰り返しながら、おびただしい血が流れ、北アイルランドが存在している。

日の丸と似ているバングラデシュの国旗は緑地に赤丸。緑色はイスラム教のシンボルカラーであり、赤丸は太陽と独立闘争で流された血を意味しているそうだ。国旗や国歌にはその国の悲願や忘れてはならない歴史が込められている。さて、我が国の日の丸は純潔、

神聖なる白地に太陽崇拝、皇祖、天照大神、日の出る国を意味している。それは、仮想桃源郷のごとく平和で、あの小論を書いた女生徒のように、バカらしいくらいに清々しい。ケルトの人々は書き言葉を残さず、記憶と口伝を重視して、詩人によってハープを奏でながら朗唱してたようだ。書き残しても、人は歴史から何も学ばないことを知っていたのかも知れない。

五月二十五日、十一日目に振り出しのダブリンに戻った。若者が席巻している首都である街角では、ロック、ソウルのストリートミュージシャンに混じり、アイリッシュハープ、ケルトの笛の音が聞こえてきた。長い年月の侵略、被統治歴史の暗さを吹っ切るような明るい色彩の建物。理不尽を笑いに変え、死と対峙した人しか持てない優しさと、不条理な運命に翻弄された民族しか持てない矜持。

雨が本当に多い旅だった。心も身体も疲れはてた旅だった。体調も精神も不調のまま暑い夏を何とか越した。あの旅から三か月たった今、もう一度アイルランドに行きたいと思い始めた。細胞の記憶装置からホームカミング因子を妖精たちに引き出されているみたいに……もう一度訪ねて、ちゃんと妖精と会って話をつけたいと思いはじめている。

ボーダーレス

棲み分ける時間が徐々に長くなる銀婚式をずずんと過ぎた

今年、九月、スコットランドで英国から独立するか否かの選挙が行われた。三百年の悲願は僅差で叶わなかったが、浅薄無知なる私にとっては青天の霹靂とも言えるニュースだった。スコットランドが現在、独立したかったこと。流血もなく選挙で独立が出来ることが霹靂だったのだ。

五月に初めてアイルランドに旅行した。北海道ほどのこの島の、悲惨極まりない抑圧と紛争の歴史を知ったばかりだった。大英帝国からの独立を果たすために、八百年という長い歳月と沢山の血が流れた。その上、現在も英国支配下の地域、北アイルランドが存在している。スコットランドの独立が選挙で勝ち得たなら、北アイルランドも独立し、世界は震撼したのだろうか？　独立が叶わず、エリザベス女王も、オバマ大統領も世界も、安堵したに違いない。ベルリンの壁が崩壊しEUを筆頭に、良くも悪くも世界は、ボーダーレス時代にベクトルは向いているとおもっていた。

五年前、スコットランドとイングランドのボーダー地方を旅した。廃墟となった城や教会の主は、燕や鳩たちになり、戦場跡は、色とりどりの野の花が風に揺れ、全て世はこともない、平和な光が溢れていた。旅の終わりにエジンバラに寄った。壮麗極まりない威厳と活気に満ちた首都だった。

知人からコラムの切り抜きが送られて来た。タイトルは「生涯恋愛社会をうまく泳いで」昨今は生涯、自由に恋愛する可能性を、否定しない社会だそうだ。恋愛する、しない、非婚、既婚にも年齢にも関係しない社会。生涯、誰とも恋愛しない人もいる一方で、結婚してからも恋愛をし続ける。結婚形態が曖昧になり恋愛もボーダーレスに……？　不倫という言葉がなくなるのかも知れない。規制緩和、ボーダーレスは拡大する一方である。規律や規範の軸は常に動いているようだ。時代のニーズの思惑で動くのだろうか。人類は、尽きることがない欲望を基本に、発展し続けて来たように思える。

さて、我が家は、リタイア三年目、四十年使ってきたダブルベッドを様々な理由で、シングル二つに買い替えた。光熱費が嵩んでも、別の部屋にすみわける時間が増えた。我が家だけはボーダーレス時代に逆らってボーダー化が進む一方である。

コニーアイランド

公園のベンチはどれも剥げたまま雲の数だけ影がうごめく

マンハッタンから地下鉄で一時間、リゾート地コニーアイランドに着く。ニューヨーク市、ブルックリン区南端の半島で、庶民的なビーチであり、庶民的な遊園地があるそうだ。行ったことはない。映画のストーリーはまるで欠落しているのにあのシーンだけを、鮮烈に覚えているのだ『A.I.（Artificial Intelligence）』。十五年前に観たスピルバーグ監督のSF映画である。地球温暖化で海に近い土地が水没、コニーアイランドの観覧車や遊具の間を魚が泳いでいるシーンだ。人類は食糧確保ができなくなり人口は制御される。資源を必要としない人工知能A.I.を搭載したロボットが台頭する近未来の話であった。人間の残酷さ愚かさを痛感する後味の悪い映画だったのは、人類の近未来を鏡の中に見た思いがしたからだ。

来年早々、結婚する卒業生が久しぶりに実家に帰るから、逢いたいとメールが来た。去年は我が家に来たから、今回は私から実家のご両親の蕎麦屋に出向くことにした。秋雨前線と台風のまぜこぜの休日だった。蕎麦屋は、我々が結婚してすぐに住んだ高津団地商店街にある。マーケットを中心に商店街が続き、銀行と郵便局の間には喫茶店と寿司屋と蕎麦屋が並んでいた。七街区まである大型団地には一万人が住み、子供たちの歓声が棟の間をかけ抜けて、公園には赤ちゃんを抱いた若いママ達の笑い声がした。蕎麦屋の若夫婦にもヨチヨチ歩きの赤ちゃんがいた記憶があった。

図書館にいつも泣きべそをかいて相談に来ていた千佐ちゃんは、順天堂病院循環器内科看護主任になっている。一時過ぎに着いたら暖簾を上げて準備中になっていた。

「私が来たから貸し切りなの？」

「客が少なくなっても、まだ頑張ってんだ」

千佐ちゃんが小声で言った。

「懐かしいお蕎麦を頂きたくお店にお邪魔してすみません」

ご両親は、私と同じだけ歳月を重ねた皺の中で破顔された。牡蠣と舞茸の天ざるはとても美味しく、夕方近くまで千佐ちゃんとの話は弾んだ。夜にはまだまだ早かった。

商店街は休業なのか潰れたのか、全てシャッターが降りていた。駐車場まで送ってくれた千佐ちゃんと私以外に人影はなく、風と雨の音ばかりが耳で唸っている。街灯はあるのに夕闇が雨と共に押し寄せて海中に沈んだコニーアイランドのあのシーンが突然、浮かび上がって来た。私の赤い車は海の中に沈んでいるように待っている。

ラスベガス

岩々より湧き上がりたる風の音は三億年まえの海のさざ波

いつの頃からか都市に興味がなくなった。若く元気な時代も、京都という小さな町で育ったせいか東京という大都市に馴染めなかった。地下鉄が縦横無尽に張りめぐらされ家畜のように車輛に積み込まれ、歩く速さも騒音も渋滞にもついて行けなかった。

「都市は人間が造り田舎は神が造った」

イギリス紹介の本の一頁目に、こう書いてあった。

都市は政治、経済を担い、人間の欲望を生み出す空間ではないだろうか。

八月末、ラスベガスを起点に、アメリカ西部四州に点在する国立公園を二週間かけてレンタカーで周った。七月中旬、昨年手術をした検査で医師の言葉に傷ついた。三日間、落ち込み、四日目に頭に来て五日目に自暴自棄になり、心と肉体を乾いた大地で乾燥させたく夫とともに旅の計画に着手した。

アメリカの国立公園は四国くらい広大な公園もある。生まれたての地球原風景が地平線まで広がる。広大無辺な自然に無性に会いたくなった。華氏約百三十度、湿度を含まない砂丘と砂漠、峡谷が広がり、容赦ない太陽が心地よかった。理不尽さも悲しみもこの太陽で焼き尽くしたかった。

地球の歴史が四十五億五千万年とすると、歩いて来たグランドキャニオンの地層は二億七千万年前に形成され、三十センチ降りる度に三千万年地層が古くなる。海底が隆起した岩がゴロゴロ点在する。風は見えないのに五億年前の風の足跡が灰色の地層に見える。地球の裂け目のような峡谷が地平線へと蛇行している。朝日と夕日の中でみる大自然は感動と畏敬の念が交錯した。ブライスキャニオン、モニュメントバレー、グランドキャニオン、アーチーズ、キャピタルリーフ、ザイオン。国立、州立公園の大自然を堪能し四千マイル走破、起点に戻った。

ラスベガスはネバダ州南部にある州最大の都市である、ゴールドラッシュの中継点として町になり大恐慌時代に突入すると産業のない州は税収確保の為、賭博を合法化した。マフィアが次々とホテルを建設し集客のためのショービジネスが発展する、近郊にフーバーダムが建設されると労働者が流入、電力の供給で軍事基地や核実験場が建設され都市が巨大化していった。

アメリカに節電という言葉はないように、ラスベガスという都市は眠らない。空港のターミナルに並ぶスロットマシン。ギャンブルが主要産業の街は不夜城である。スフィンクス、エッフェル塔、ピラミッド、テーマパークホテルが並ぶ。娼婦が行き交い、ゲームが溢れ、横断歩道橋には浮浪者が並んでお金をねだる。ディズニーランドの大人版のようである。虚栄、虚飾、虚無の都市を目指して観光客が欲望を満たしに集まる。

静謐な大自然から人とネオンと騒音の洪水に打ちのめされた。人の造ったものは欲望を内包する。その愚かさと虚しさにきらめくラスベガスは、砂上の楼閣のようでもあり、逃げ水のように私の瞼を過ぎていった。

デスバレー

五億年前は海なるデスバレーなだりて続く塩の山々

二つのシーンだけ鮮明に覚えている映画がある。タイトルも内容も覚えていない。アメリカがベトナムに介入し世界中が震撼とした時代の映画だった記憶がある。

砂漠とハゲ山が抜けるような青空へと連なっていた。暑さゆえか、陽炎がゆらめき不気味なくらい静かな死の谷であった。地平線まで織り重なった道の彼方から一台のトラックが疾走して来た。静寂な世界をエンジン音が破ったかと思うと同時にトラックが爆破された。運転をしていた若い女性ともども紙吹雪のように舞い上がったすべてを死の谷は飲み込んだ。鮮烈なシーンだった。

政治運動にかかわっていたこの若い女性はアパートへ帰ると真っ先に衣服を脱ぐことなくブラジャーを腕からするりと外した。三十年くらい前に観た映画だったがあの映画を観

て以来、私も、家に帰ると服を脱ぐことなくブラジャーを腕から外した。規則にもブラジャーにも縛りつけられるのが苦手であったからだ。

デスバレー、語感からも語意からも忘れられない世界だったが訪ねたい場所ではなかった。怖いもの見たさなのか人生の終盤に近づいたせいか五月、ロスからレンタカーを借りると翌日、死の谷デスバレーへ車を走らせた。ロスから六時間半、シエラネヴァダ山脈東部に位置するこの辺りは超乾燥地帯であり超高温地帯である。峠を越えると道は暑さでゆらめいた。五月、平均気温は四十度を超え降水量は二ミリ。七月に入ると五十度を超える灼熱の谷は人も車も寄せ付けない熱砂と静寂のみが支配する死の谷になる。アメリカの国立公園は地球ができたてのまま手つかずで保護されていることがある。それは地質学、地理学的宝庫である。いや、手をつけすぎた結果、後悔して辛うじて近年になり国立公園として保護されたものが大半であるかも知れない。デスバレーも後者である。

地球プレートの圧縮が伸長力により海底の隆起は山岳となり火山群が形成され谷には堆積物が積もった。数百万年前からこれらを繰り返され海底の名残は広大な砂漠や塩の山々として現在も残っているわけである。しかし、紀元前八千年頃には巨大な湖がいくつも存在し木々が生い茂り狩猟対象となる動物が生息した緑したたる天国だったようである。

デスバレーにはＢＡＤや、悪魔デビルという地名が多い。ＢＡＤ ＷＡＴＥＲ、海抜八十五・二メートル地点は一番の灼熱地獄で訪ねた日も四十二度、塩の砂漠が地平線まで広がり塩水湖が干上がって描いた結晶の絵画は美しい自然の芸術であった。デビルズゴルフコース、デビルズコーン畑、悪魔しか生きていけない苛酷な谷である。

しかし十一月から四月、わずかな雨が降り温度も三十度以下になるシーズンは野草におおわれ動物たちが顔を見せるそうだ。先住民ショショーン族もやはりこの地に暮らしている。一八四九年十二月、白色人種がゴールドラッシュがきっかけで百台の荷馬車とともに迷い込んでからデスバレーは鉱物資源の宝庫として駆逐されていくのである。

長野県くらいの広さのデスバレー国立公園に二泊し日の出から日の入りまで疾走した。バベルの塔がいつも頭をよぎる。賢い人間はどこまで神の領域へ行けば欲望が満たされるのだろうか。デスバレーに隣接している広大な軍事基地の間を抜けて次の国立公園に向かった。基地もまた死の谷のような静寂が広がっていた。

蝦夷梅雨

早朝のウトロ港の河口では男ばかりが釣り糸垂れる

緑がどこまでも拡がる森の間に、オオワシのように飛行機は下降した。初めて降り立ったたんちょう釧路空港は、爽やかな涼しさだった。猛暑の関東から一時間半で気温十六度の世界に着く。

六月、アイルランドとイングランドの旅行計画が、半月板の損傷でキャンセル。ならば故郷、京都に別宅をと、物件を契約寸前で新たなる病気でキャンセル。人生のゴールが眼鏡をかけずに見えるようになると、ジタバタしだす。

家の中で真っ暗な私に、夫が突然、北海道の旅を提案した。

飛行機とレンタカーと宿をネットで予約し終えたら、台風が来ていることがわかった。軽佻浮薄な我々はフットワークも軽い。飛ばなかったら、その時、考えるしかなかった。

生き急ぐ人生は、ジェットコースターに乗っているようなものだ。飛行機は飛んだ。

三十年前、青空と青い海、地平線まで続く緑の大地を、二人乗りオートバイで疾走して以来の道東だった。釧路湿原を左に見ながら霧多布《きりたっぷ》へ向かう。車もオートバイもほとんどない閑散とした道は快適さからわびしさに変わった。天気のせいか点在する町は灰色に見える。北海道では霧をジリと言うそうだが毎日、ジリと雨の四日間だった。空も海も湖も川も鈍色に沈み、交通安全の黄色い旗が過剰なほど、はためいていた。海抜を示す表示板、津波避難場所、ヒグマ注意、北方領土返還、テロ対策と道の両側は警告板が続く。

読んだばかりの玄侑宗久の本『無常について』が、脳裏をよぎる。それは、常なるものは何も無い災害国に生まれたことと、逃避出来ない現実を実感させる掲示板だった。

三十年前には見なかった、他の国には見られない警告板を見ていると心が鈍色に沈む。それでも予約した宿を目指しオホーツク海を北進、小清水から内陸に入る。センターラインすら見えない霧の摩周湖への道を諦めホテルに着いた。

「梅雨がない北海道なのに毎日、雨ですね」

思わずホテルのスタッフに愚痴る。

「異常気象なのか最近は八月になると梅雨みたいな天気が続いて蝦夷梅雨と言います」

「蝦夷梅雨……?」

何だか今年はさんりんぼうだ。いやいや、老いると言うことは常ならないことが増えるのだろう。これからの老いの日々に、晴天があるのかと、蝦夷梅雨と言う初めて聞いた言葉が、ジリのように身体全体を包んだ。

鶴

朝化粧雨をふくみてハマナスは紅を濃くして海へと続く

ブータンにご夫婦で旅をしてきた友達からメールが来た。首都ティンプーから、幾つもの山と谷を越えて五時間、フォブジカという渓谷にある村に、彼らは二日間民泊をした。転生を信じ殺生をしないこの国は、蝿一匹殺さないそうだ。三千メートルを超す高地のこの村は、高さと寒さで米も麦も作れず、ジャガイモと牧畜が食料源だそうだ。牛や羊をどの家でも飼い、蝿はご飯が黒くなるほどたかっても、手ではらうしかしないそうである。

ブータンは高低差がある土地が多く、水力発電事業で電力を他国へ輸出しているらしい。しかしこの村には電気を引く構想はなかったそうである。高地ゆえに建設しなかったわけではなく、この一帯がヒマラヤを越える渡り鳥、オグロヅルの飛来地なので、が理由である。電線を引けば鶴が引っ掛かり、命を落とすからである。

同じ時期に道東の旅から帰ったばかりの私は、釧路湿原に思いを馳せた。一時、絶滅の危機に陥った丹頂鶴を復活させ、空港にもタンチョウと冠した釧路は、湿原と湖が多かった。観察所が至るところにあり記念館がある。丹頂鶴アイスクリームの旗がたなびき、観察所付き道の駅には、丹頂鶴グッズがあふれていた。鶴を目玉商品にして、消費文化を発展させようとする町は至るところに、電線を張り巡らせていた。湖沿いを車で走っていた時に、つがいの丹頂鶴を見つけた。赤い帽子まではっきり見えたツルの姿は優美だった。しかし電線や、道路での車の事故が多いと聞いた。それならば何故、電線を地中に埋める作業をしないのだろうか。

ヨーロッパの町や村の景色が絵葉書のように美しいのは、電線がないからである。日本でも観光地や駅付近は、地下に埋める作業にやっと着手し始めているようだ。

人間の経済のための鶴と、鶴のために電線をひかなかった国。国内総生産GDPと国民総幸福量GNHという方向の違うベクトルの国を考えた。経済至上主義は格差社会を生む。ブータンは、格差のない国内総生産は低く、国民総幸福の高い国である。現在は電気も地下に引かれているが、風呂は川の水を汲みに行き、熱くした石で温めたもので、心温かいもてなしと笑顔で癒された体験をしたとメールは結んであった。物に埋もれて人生の棚卸しが捗らない私を声もなく恥じいらせた。

解説

解説　うつくしい奇跡

浅山泰美

田巻幸生さんと私は、ともに昭和三十年代に、京都市左京区岡崎東福の川町の住民であった。金戒光明寺という浄土宗の大きな寺の西側に、私たちの心の桃源郷《ユートピア》はあった。私は満三歳になる直前から九歳までをその地で過ごした。私にとっては幼年期のはじまりからおわりを意味する、忘れ難い六年間であった。幸生さんは五歳から二十二歳までを福の川で過ごしたそうであるから、私よりももっと濃密で感慨深い歳月を過ごしたことだろう。

私は幸生さんの六歳年少であったので、その頃一緒に遊んだ記憶はない。一歳年長であった妹の清美ちゃんと戸辺さんの家で遊んだとき、幸生さんを見かけたことはうっすらと憶えてはいる。私と幸生さんが奇縁によって結ばれたのは、ずっと後のことになる。忘れもしない。それは二〇〇〇年の夏のお盆のことだった。一枚のファックスが我が家に届いた。丁寧な美しい文字で綴られた長文であった。

その年の二月、私は十五年余りの歳月を費やした写真文集『木精《こだま》の書翰《しょかん》』を出版した。出来上がったばかりのその本を、その頃よく通っていた銀閣寺道近くのレストラン「キッチン桔梗屋」の御主人井上さんにさしあげたのが、ちいさな奇跡の始まりだった。一読された井上さんが、店のスタッフの一人の女性の住む東福の川町のことが書かれていると、本を彼女に渡された。その女性は今も東福の川町に住み続けておられる、今竹家のお嫁さんであったというから驚く。

昭和三十年代の東福の川町には、忘れられないおばさんたちがいた。「福の川の聖なるおばさんたち」と私はかつてそう詩に書いた人々である。そのうちの一人、戸辺さんの娘さんが幸生さんであった。ファックスは、彼女からのものだった。今竹さんから『木精の書翰』が届けられたという。母が生きていたら、どんなにか喜んだことでしょう、と幸生さんは言ってくれた。私は何も特別なことを本に書いたわけではない。けれどこの本は、四十代半ばの私には出さずには次に行くことのできない一冊であった。心をこめて書いた一冊の本が、思いもかけぬような奇跡を起こしてくれた。かくして、長年東福の川町への讃歌《オマージュ》を胸に秘めて生きてきた私たちは、三十数年ぶりの再会を京都で果たした。その年の十一月、銀閣寺道の京都銀行の前で私を待っていた幸生さんの姿を、今も忘れない。

私はその日まで、幸生さんの母上の御名前を存じ上げなかった。「香根《かね》」さんであった。戸辺香根、トベカネ、飛べ金！というほどに金遣《づか》いが荒かったのよ、と幸生さんは語り、爆笑を誘った。「泰美さん、笑いすぎ」と彼女は言った。三十数年の空白が嘘のような小春日和の一日であった。あの再会の日から又、時は流れ今、東福の川町ではあの時代の面影をとどめ続けていた藤木邸が、主なきあと、秋の夕映えのように、間もなくこの地上から姿を消そうとしている。

田巻幸生エッセイ集『生まれたての光――京都・法然院へ』は、「黒谷」の章から始まっている。ここで語られている彼女の記憶は、ほぼ私のそれである。

「寺は、どの時代も恐い場所ではなく、私にとって安らぐ所であったのは何故だろうか」

「ご近所みんなに守られ支えられた時間と空間が福の川には存在していた」

「毎朝、毎夕六時に黒谷の鐘の音が聞こえた。鐘は亡者の上にも生者の上にも等しく渡り、安らぎを与えてくれる」

三千世界に響き渡る梵鐘の音が、私たちの中で生き続けている。

＊

「図書館の天使」と呼ばれ、多くの生徒たちに慕われ、高校の図書館司書を長く勤めた幸生さんは、天使としてこの世に降《お》りた者がよく背負わされる宿命を身に負っている。「人生も限りがあるのに、自分だけは違うと健全な精神の人は考える。私は絶えず死を意識しながら生きて来た」

ようやくにして念願叶って授かった子宝であった幸生さんは、病弱であった。それを気に病む母上を心配させたくなくて、少女の幸生さんは努めて元気そうにふるまい続けていた、といつか彼女から聞いたことがある。幸生さんの父上が私に、幸生はとても純粋な娘《こ》なんです、と言われたことを私は忘れない。幸生さんは水晶のような心を持って生まれたひとなのだ。それはこの世の荒々しい波動に翻弄《ほんろう》されつつも、古希を迎えた現在も曇ることはなく透き通っている。

幸生さんはいつも、身にふりかかってくる病いという、天からの難しい「公案」から逃げずに向き合ってきた。「一切皆苦」の人生を受け入れ、「黄金の稲穂」のような人々から、限りなく愛されてきたのである。

このエッセイ集に溢れている優しさは、百花を花開かせこの世の春を呼ぶ、三月の慈雨のように、読む者の心を潤してゆく。彼女の耐え忍んできた悲しみや苦しみが、いつしか他者の孤独を暖めうる、柔らかな「ゴッドハンド」となって、この先、彼女が存在する場所はどこであれ、「生まれたての光」に包まれることだろう。

三十歳までしか生きられないだろうと言われた幸生さんは、この三月、めでたく古希を迎えた。医師からは奇跡だと言われたそうである。うつくしい奇跡はきっと、この先も続いてゆくに違いない。

幸せに生まれし君に　父母《ちちはは》の慈悲のまなざし今も注がる

三月九日　――あとがきにかえて

今年、この日に古稀を迎えられたことが嬉しくて嬉しくて仕方ない。六回の大きな手術を越えて生きて来られた喜びと感謝を本と言う形にしたかった。

二〇一一年、高校の司書を退職した年に死と対峙する手術を続けて二度した。やっと起き上がれた翌年、八千代市のエッセイの会と、ふるさと、京都に本部があるという理由だけで短歌結社「塔」に入会した。この六年間に書き留めた文、短歌、写真をと欲張った本になった。よく磁場があると言われるが、常に奇跡のような偶然の出会いを経験する。解説を書いてくださった淺山泰美さんともそうである。雪の妖精のような泰美さんと偶然の奇跡で再会し、あの日から十八年、交情が途切れることなくコールサック社を紹介して頂いた。「うつくしい奇跡」という、ありがた過ぎる勿体ない「解説」を書いて頂き、それだけで生きて来て良かったと感動と感謝で涙が止まらない。泰美さん、ありがとうございます。

先週もまた、京都、法然院を訪ねた。茅門を潜ると青紅葉が波のように押し寄せ、白砂壇の上に五月の生まれたての光が跳ねていた。緑色に身体中が染められながら本堂に向かう。貫主、梶田真章氏が常に言われるように「阿弥陀さんただいま」と故郷に帰った安らぎを覚える。超高齢初産で、本を産み出せたことと生きて来られたお礼を、阿弥陀さんに申し上げた。バス停、四つ目で下車して午後は淺山泰美さんとの待ち合わせの喫茶店に向かう。五月の光の中でも、彼女は雪の妖精だった。

高校でクラスメイトとして出会い、運命共同体だからと守り支えてくれている夫に、胸の中にいつも生きてくれている両親、恩師、主治医に、そして心優しく私と関わって下さっている全てのかたに、心から感謝とハグを送ります。偶然の奇跡と皆様のおかげで古稀を迎えられました。

最後になりましたがコールサック社の鈴木比佐雄様、座馬寛彦様、装丁して下さった奥川はるみ様、スタッフの皆様に深謝申し上げます。

二〇一八年　五月　　うつくしい奇跡に包まれながら

田巻幸生

田巻幸生　Tamaki Sachio

1948 年　京都市中京区生まれ、左京区育ち
1970 年　同志社大学文化学科国文学専攻卒業
　　　　父の転勤により東京都練馬区転居
　　　　東京電機大学図書館勤務
1972 年　結婚により退職、千葉県八千代市に転居
1988 年　千葉英和高校司書勤務
2011 年　千葉英和高校退職
2012 年　短歌結社「塔」入会
　　　　八千代市エッセイの会「せせらぎ」入会
2018 年　現在　エッセイの会「せせらぎ」会長

〈現住所〉
〒 276-0020　千葉県八千代市勝田台北 2-10-14

石炭袋

田巻幸生エッセイ集『生まれたての光――京都・法然院へ』

2018年6月26日初版発行
著者　田巻幸生
編集・発行者　鈴木比佐雄

発行所　株式会社 コールサック社
〒173-0004　東京都板橋区板橋2-63-4-209
電話 03-5944-3258　FAX 03-5944-3238
suzuki@coal-sack.com　http://www.coal-sack.com
郵便振替　00180-4-741802
印刷管理　（株）コールサック社　製作部

＊写真　田巻幸生　＊装幀　奥川はるみ

落丁本・乱丁本はお取り替えいたします。
ISBN978-4-86435-345-8　C1095　￥1500E